Paula Thomé

Tanten retten

2020

Dieses Buch ist meinem Mann und meiner etwas verrückten Familie gewidmet. Ohne seine Unterstützung und Liebe wäre es nicht zur Realisierung dieses Projektes gekommen.

Paula Thomé, geboren 1965 in Bad Godesberg, arbeitet seit vielen Jahren mit Kindern und Jugendlichen. Sie schreibt seit ihrer frühen Jugend Dramen, Prosatexte und Gedichte.

Paula Thomé

Tanten retten

Roman

BoD Norderstedt

2020

FSC
www.fsc.org
MIX
Papier aus ver-
antwortungsvollen
Quellen
Paper from
responsible sources
FSC® C105338

Bibliografische Information der Deutschen
Nationalbibliothek: Die Deutsche Nationalbibliothek verzeichnet diese Publikation in der Deutschen Nationalbibliografie; detaillierte bibliografische Daten sind im Internet über
dnb.dnb.de abrufbar.

© 2020 Paula Thomé, Zadok (Illustrationen)

Herstellung und Verlag:

BoD – Books on Demand, Norderstedt

ISBN: 9783750433106

Kapitelübersicht

ihren Hut nicht auf Reisen geht und auf den Bahnverkehr doch noch Verlass ist. S. 118-125

Das zwanzigste Kapitel, worin sich Familienzusammenhalt bewähren kann, Stutz die Segnungen der Elektrifizierung preist und zum Angriff geblasen wird. S. 126-133

Das einundzwanzigste Kapitel, in dem man sich das Paradies anders vorgestellt hat und eine Kühlkammer nicht nur für Echsen ungeeignet ist. S. 134-141

Im zweiundzwanzigsten Kapitel sind Fremdsprachenkenntnisse von großem Nutzen, trotzdem muss man sich in Geduld üben. S. 142-149

Das dreiundzwanzigste Kapitel, in dem zwei alte Bekannte ausgetrickst werden und Südindien ein wunderbares Reiseziel ist. S. 150-160

Das vierundzwanzigste Kapitel hält eine Überraschung bereit und Stutz träumt, Tante Soir übernimmt ein Amt und ein Versprechen wird gegeben. S. 161-170

Das fünfundzwanzigste Kapitel, in dem die Dinge sich richten und ein Holzbein geklebt wird. S. 171-174

Das letzte und sechsundzwanzigste Kapitel, in dem ein kleiner Hund zur Heldin wird, Mademoiselle Four ein neues Dach erhält und die Welt leuchtet. S. 175-179

Das erste Kapitel oder von einer etwas seltsamen Familie und anderen Tieren.

Es gab einmal jemanden, der hatte drei Urenkelkinder. Zwei Sonntagsurenkelsöhne und ein Samstagsurenkelkind. Dann kam noch ein viertes dazu. Ein Findelkind. Eines Morgens lag es auf der Fußmatte vor der Tür, eingeschlagen in ein altes Tuch und sehr winzig. Sie nannten es Fin, von finden. Es ist immer noch winzig, aber schon etwas größer als am Anfang. Die fünf lebten schon viele Jahre zusammen in dem merkwürdigen Haus, von dem niemand so genau wusste, wer es erbaut und wann es entstanden war. Eins war aber sicher, die vielen An-, Vor-, Hinter-, Über- und Unterbauten gingen auf die Kappe des Mannes und Findeur-

großvaters, der meinte, jedes Kind müsse unbedingt sein eigenes Zimmer haben. Dabei schliefen die vier am liebsten zusammen in dem großen, leicht staubigen Ehebett. Der Großvater schlummerte schnarchend auf dem Sofa in der Küche. So hatte er alles im Blick – niemand benutzte die Haustür, alles wanderte durch die Küchentür nach draußen und wieder zurück. Einäugig beobachtete der Alte vom Sofa aus das Kommen und Gehen. Das andere Auge hielt er geschlossen und wechselte von Zeit zu Zeit, sodass jedes Auge zu seinem wohlverdienten Schlaf kam. Deshalb war seine Nachtruhe länger als die aller anderen, aber nicht so lang wie die aller zusammengezählt. Seine Urgroßvater- und Aufsichtspflichten nahm er ziemlich ernst.

Ansonsten genossen aber alle die größte Freiheit und konnten mehr oder weniger tun, was sie wollten. Was dazu führte, dass das älteste aller Urenkel, der auch das älteste Sonntagsurenkelkind war, als es den Kinderschuhen so gerade entwachsen, den ehrenwerten und viel Geschicklichkeit erfordernden Beruf des Taschenspielers ergriff. Er brachte es darin zu großer Kunstfertigkeit! Nicht nur, dass er mit Taschen aller Größe und Form jonglierte, Bällewerfen ist dagegen ein Kinderspiel, sondern er bugsierte auch die unwahrscheinlichsten Dinge in Westen-, Rock- und Hosentaschen hinein und anderes wieder hinaus, selbstverständlich ohne dass die jeweiligen Besitzer auch nur im geringsten Verdacht schöpften. Sie merkten rein gar nichts! Darin lag ja die Kunst. Sie staunten nicht schlecht, als sie etwa statt des erwarteten Taschentuches einen Knackfrosch in der Hand hielten. Übrigens genauso einer, mit dem sie in ihrer entfernten Kinderzeit die Großmutter jedes Mal unsanft aus dem Mittagsnickerchen geweckt hatten. Auch blieb es ein Rätsel, warum um Gottes willen ihre Geldbörse sich schmerzhaft in eine Mausefalle verwandelt hatte und nun zugeschnappt an ihrem Daumen hing.

Saskio, so hieß der älteste aller Urenkel, ging dieser Profession eher beiläufig nach und achtete darauf, dass er nur reiche Pinkel um ein paar Geldstücke erleichterte. Das gehörte schon zu seiner Berufsehre. Arme Menschen waren ja schon geschlagen genug, da musste man nicht auch noch Schicksal spielen. Eine besondere Gabe von ihm aber lag auf einem anderen Felde und verschaffte der Familie eine zuverlässige Einnahmequelle, was den dann doch eher sporadischen, wenn auch eleganten Taschenspielereien vorzuziehen war. Er hatte nämlich ein einnehmendes Wesen und ein geduldiges Ohr für die Sorgen und Nöte des betagteren Teils der Bevölkerung. So wurde er, obwohl er die Volljährigkeit noch nicht einmal erreicht hatte, zum Manager des Clubs der Hundertjährigen ernannt und übte einmal wöchentlich mit der Seniorenrugbymannschaft auf dem

Sportplatz Tackling[1], Dropkicks[2] und Scrums[3] (ihr wisst schon, das ineinander verschachtelte Spalierbückenstehen der Mannschaften), bei denen er jedes Mal dazwischen gehen musste, weil die alten Herrschaften sich aus dem Gedränge nicht mehr selbst befreien konnten und der Ball auf Nimmerwiedersehen zu verschwinden drohte.

Sein Meisterstück sollte indes später die Betörung alter, nach Lavendel duftender Tanten werden, die er um ihr Erspartes brachte, indem er ihnen hoch und heilig versprach, quasi bei seiner Ehre, sich nach ihrem - der Tanten - Ableben, um deren Fiffis, Möpse und Papageien zu kümmern.

Von so viel Verantwortungsbewusstsein und Einfühlungsvermögen betört, ergriffen allesamt tiefgerührt diese einmalige - und für die meisten auch einzige - Chance, fütterten ihn mit selbstgemachten Kuchen und Konfekt, tätschelten ihm die Wange, seufzten und waren glücklich bis ans Ende ihrer Tage. Sie verabschiedeten ihn immer mit einem Lächeln auf ihren zerfurchten Lippen und gedachten seiner in etwas

---

[1] Meint im Rugby das Umklammern und Tiefhalten des Gegners.

[2] Viel Geschicklichkeit erfordernder Sprungtritt - geradezu akrobatisch -, um den Ball aus dem laufenden Spiel zwischen die Malstangen und über die Querstange zu bugsieren.

[3] Unter der Voraussetzung, dass der Ball nach vorne geworfen wird, müssen die Spieler 1 bis 8 ein Gedränge ausführen und versuchen, sich gegenseitig wegzudrücken, um den Ball für das eigene Team freizubekommen. Hier ist nicht nur Kraft, sondern auch Dickköpfigkeit erforderlich.

versonnener und kurzatmiger Liebe. So war keinem geschadet und alle waren zufrieden. Auch der Urgroßpapa, der sich über den stetigen Geldsegen freute, da er selbst eher weniger, also eigentlich nichts, zum Familieneinkommen beitrug. Das war die pekuniäre Seite der Angelegenheit, allerdings nicht die einzige.

Das zweite Kapitel, worin Saskio zu seinem Namen kommt und der Urgroßvater umsonst gekocht hat.

Nun aber zum ältesten aller Sonntagsurenkel-söhne und mutmaßlichen Stammhalter Saskio persönlich: Alle Welt nannte ihn zwar Sasa, aber sein Taufname war das nicht. Eigentlich hieß er Saskio. Saskio N. Wagemut. Den Namen hatte er noch von seiner Mutter im Kindbett erhalten. Ursprünglich hatte sie sich ein Mädchen ge-wünscht – wusste aber insgeheim, dass es ein Junge werden musste, rein familientechnisch betrachtet. Einen kleinen Moment war sie ein bisschen enttäuscht darüber, dass es ein Junge geworden war, aber, na ja, was soll's.

Jedenfalls hatte sich Donella in der Schwan-gerschaft schon einen Namen für ihre Tochter überlegt, eben Saskia, und weil es jetzt schnur-stracks ein Junge geworden war und die Sache auch nicht mehr zu retten und sie selbst Halbitalienerin war, daher auch ihr Name Do-nella, und sie in einem Italienischkurs mal ge-hört hatte, dass die männliche italienische Endung in der Deklination der Substantive häufig im Nominativ auf „o" endete, änderte sie Saskia kurzerhand in Saskio, was immerhin sehr nett klingt und, weil sie ganz sicher gehen wollte, dass auch alles gut geht und jeder es auch versteht, setzte sie noch das N. hinzu, was so viel bedeutet wie Nominativo und schließlich, weil sie dem Neugeborenen neben allen guten Wünschen einen ganz besonders mitgeben wollte, auch noch Wagemut. Sozusagen Programm und Ermunterung gleichermaßen, und in der Tat, der Junge zeigte schon früh Fortune und Durchsetzungskraft.

Das war damals, als Donella noch in dem Haus lebte, später war sie dann verschwunden. Eine wirkliche Erklärung hatte dafür niemand so recht. Die einen meinten, sie sei im Kindbett des dritten Kindes gestorben, eine damals recht übliche Todesart für Mütter. Die Leute konnten ja nicht wissen, dass die Söhne Nr. Zwei und Drei auf ganz andere Weise ins Haus gekommen waren. Andere munkelten, sie sei mit einem Artisten eines durchreisenden Zirkus durchgebrannt. Das ein Jahr später auf der Fußmatte schlafend gefundene Findelkind sei eben dieser wilden, fahrenden Verbindung entsprossen. Wahrscheinlich habe sich der Luftakrobat und fahrende Gesell als nicht so ganz familientauglich entpuppt, so dass es der Mutter sicherer und wohlgeordneter erschien, den Kleinen in die Obhut seiner Geschwister und dem, wenn auch etwas unbeweglichen so doch verlässlichen alten Herrn zu übergeben.

Immerhin, das Haus war groß genug und einem klapprigen Wohnwagen vorzuziehen. Außerdem wollte Donella, dass der Junge später zur Schule gehen sollte, und was könne da ein Zirkus schon bieten, außer Feuerschlucken und Messerwerfen. Eine Karriere auf dem Drahtseil lehnte sie für den Kleinen strikt ab, nicht nur, weil er etwas verdrehte Füßchen hatte, sondern auch, weil sie Abend für Abend tausend Tode starb, wenn sie ihren Akrobatenmann in luftiger

Höhe sein Leben riskieren sah – für was eigentlich? Für die Belustigung tumber Dörfler und verdorbener Städter, das karge Salär, das kaum für den nächsten Tag reichte? Nein, sie wollte das Kind in soliden Verhältnissen wissen. So jedenfalls die Mutmaßungen aus der interessierten Nachbarschaft. Tatsache ist leider, dass bis heute nicht ganz klar ist, wo Donella hingeraten ist. Der Alte wird es wissen, aber der schweigt sich aus.

Einmal im Jahr, im Frühling, deckt er ganz fein den Tisch, mit Tischdecke und allem Pipapo, Servietten und Serviettenringen. Man stelle sich vor, verschiedene Gläser für Wein und Wasser. Aber nur für zwei Personen. Eine Kerze stellt er auch auf den Tisch. Dann kocht er den ganzen Tag die kompliziertesten Speisen aus seinem zerfledderten Kochbuch. Der dicke Hofhund Anatol weicht ihm dann nicht von den Fersen, hofft er doch, den einen oder anderen Bissen abzubekommen. Der Alte tut ihm den Gefallen, wenn auch mit etwas schlechtem Gewissen, weil Anatol wirklich etwas zu dick ist. Wenn es Abend wird, scheucht er die Kinder aus dem Haus und bei Todesstrafe dürfen sie das Haus nicht mehr betreten, bis er sie wieder hereinruft. Natürlich haben sie sich auf die Lauer gelegt, um zu sehen, wer denn da zu Besuch kommen soll. Aber wie jedes Jahr haben sie niemanden gesehen und sie haben sehr gut aufgepasst!

Der alte Herr ist an diesem Abend noch einsilbiger als ohnehin schon, brummelt vor sich hin und räumt die Küche auf. Selbst den Abwasch macht er selbst - macht er sonst das ganze Jahr nicht - und überhaupt ist mit ihm nichts anzufangen. Aus dem Abfalleimer ragen mehr oder weniger unangerührte Taubenbeinchen, auch der Schokopudding landet da. Aber das ist nur ein Abend im ansonsten hellen und weichen Frühling, in dem alle voller Pläne und guter Dinge sind.

Das dritte Kapitel, in dem Saskio beinahe von einem Rhönrad überfahren wird, er seine bis dahin älteste Freundin trifft und eine Geschäftsidee ihren Anfang nimmt.

An einem solchen Abend ging Saskio nach vollbrachten Tagwerk in Form von allerlei mehr oder weniger erfolgreichen Taschenspieler- und Koffertricks noch ein wenig in die Felder, sich die Beine zu vertreten. Der Einfall, sich um die verwaisten Lieblinge betagter Damen und Herren gegen ein kleines Geld zu kümmern, war noch nicht geboren, so dass die finanzielle Situation der Familie, nun sagen wir, etwas angespannt war. Saskio machte sich Gedanken über einen neuen Zaubertrick. „Tischlein versteck dich" wollte er ihn nennen und am Ende sollten sich alle Dinge, die sich vormals auf dem Tisch befanden, nach dem Hokuspokus sicher in seinem Arbeitskoffer unter dem Tisch befinden. Aber bis zur Aufführungsreife war es noch ein langer Weg, und die Idee wollte auch noch nicht so recht Gestalt annehmen.

Nichtsahnend und gedankenverloren schlenderte er so vor sich hin, ein Liedchen pfeifend, als er plötzlich von hinten lauthals angerufen wurde.

„Aaah! Aus dem Weg! Achtung, wir können nicht bremsen! Weg da!"

Doch zu spät! Ein riesiges, kreiselndes Etwas kam mit hoher Geschwindigkeit auf ihn zu. Was war das? Er schaute genauer hin – Saskio bewies wieder einmal Nervenstärke – und glaubte seinen Augen nicht zu trauen. Ein großes, sich immer schneller drehendes Rad, in dessen Inneren sich eine alte Dame wie ein Speichenkreuz aufgespannt hatte, raste genau auf ihn zu.

„Aus der Laufbahn!", kreischte die Alte, doch es half nichts.

Im Moment wur-de er von dem wild wirbelnden Rad erfasst und zur Seite geschleu-dert. Das seltsame Gefährt kam kurz ins Trudeln, es ru-ckelte und eierte  etwas, dann kam es wieder in die Senkrechte und nahm erneut Fahrt auf.

Als Saskio sich aufgerappelt hatte, dachte er einen kurzen Moment lang, er habe in die hypnotischen Augen einer Schlange geschaut, aber das war wohl nur eine kleine Sinnestäu-schung in der Sekunde des Schrecks. Da der Weg hier abschüssig war und zum nahegelegenen Bach hin abfiel, landete das seltsame Gespann mit einem lauten Platsch und einem spitzen Schrei – offensichtlich von Seiten der Dame – im Wasser. Prustend und schnaubend kam die alte Tante wieder hoch und versuchte mühsam ans Ufer zu klettern. Saskio galoppierte zum Ufer, um der alten Frau hinaus und hinauf zu helfen.

Das Ufer war vom letzten Regen noch etwas durchweicht und glitschig. Das Riesenrad war nicht mehr zu sehen, stattdessen schlängelte sich eine monsterlange Boa aus dem Wasser und auf die beiden zu. Schreckenstage! Wo kam die her? Saskio hielt die Luft an, doch die alte Frau schnurrte auf die Riesenschlange zu und gurrte:

„Oh, oh, Annilein, du hast dich doch hoffentlich nicht verletzt?" Die Schlange schüttelte verneinend ihren großen Kopf.

„Und Ihnen ist hoffentlich bei unserem Beinahe-Zusammenstoß auch nichts passiert?" Die Madame musterte Saskio vom Scheitel bis zur Sohle, konnte aber offensichtlich keinen Schaden an ihm feststellen. Saskio beeilte sich zu versichern, dass er – außer einem kleinen Schrecken – wohlauf sei. Um der Wahrheit die Ehre zu geben, traute er seinen Augen nicht und war sprachlos angesichts der riesigen Anakonda, die ihn mit unergründlichem Blick musterte. Er hoffte, sie überlegte nicht gerade, wie er wohl zum Abendbrot schmecke.

„Das freut mich, zu hören", sagte die Alte, „trotzdem müssen Sie mir die Ehre erweisen, mich auf ein kleines Likörchen – auf unsere neue Bekanntschaft – nach Hause zu begleiten, nicht wahr, junger Mann?" Dem jungen Mann wurde noch etwas mulmiger zumute und er überlegte, wie er aus dieser Nummer wieder herauskäme, ohne die alte Dame zu enttäuschen.

„Äh, tja. Eigentlich muss ich wieder nach Hause. Es ist schon spät und die Familie wartet!"

„Papperlapapp! Ein halbes Stündchen werden Sie schon erübrigen können", damit hakte sich die Alte bei Saskio unter und zog ihn Richtung Städtchen. Die Schlange bummelte etwas und schlängelte sich, hier und da am Wegrand etwas nach Mäusen stöbernd, hinter ihnen her.

„Gehört die zu Ihnen?", fragte Saskio vorsichtig und zeigte nach hinten auf die Riesenschlange. Vorsichtshalber hielt er ein paar Schritte auf Abstand.

„Aber selbstverständlich. Das ist meine Anastasia. Konda mit Familienname. Wir turnen gemeinsam und auch sonst ist sie eine sehr angenehme Gesellschafterin. Nicht wahr, Annilein?", mit diesen Worten beugte sich die alte Dame zu dem gefährlich nahe gekommenen Ungetüm hinab und kitzelte es etwas unter dem Maul. Und, man glaubt es nicht, die Schlange kicherte leise in sich hinein. Wer hat schon einmal eine Schlange kichern hören und auch noch so ein Riesenexemplar? Sie maß von ihrem beeindruckenden Kopf bis zur Schwanzspitze sicher 7,30 Meter!

Hübsch anzusehen war sie schon mit ihrem schwarzen Fleckenmuster auf dem grünen Schuppenkleid und ihren goldenen Augen, wenn sie nur nicht so groß gewesen wäre! Saskio war ein wenig verwirrt und fragte:

„Was turnen Sie denn so?", weil er nicht schlau aus dieser ganzen Sache wurde.

„Rhönrad. Wir fahren Rhönrad, wie Sie eben selber Zeuge wurden."

„Äh, ich verstehe nicht ganz, Werteste?"

„Nun, ich bin die Fahrerin, Anastasia ist das Rad."

„Oh, sehr sportlich und das in ihrem Alter,

wenn ich das bemerken darf."

„Ja, nicht wahr? Anastasia ist schon 79 Jahre alt und das ist für Anakondas schon ein biblisches Alter."

„Ja, dafür ist sie allerdings erstaunlich gelenkig", bestätigte Saskio, der aus dem Staunen nicht mehr herauskam und sich im Stillen fragte, wie alt denn die alte Schachtel da vor ihm sei. Als könne sie Gedanken lesen, fügte die Alte hinzu:

„Ich zähle ja erst 78 Lenze!", damit strahlte sie Sasa mädchenhaft an und zwinkerte vergnügt mit ihren blauen Augen.

„Ach, ich törichtes Mädchen! Ich habe mich ja noch gar nicht vorgestellt. Ich bin Madame Zementry. Cécile Zementry und wohne drüben am Fischmarkt."

„Angenehm", sagte Saskio, „ich bin Saskio Fratelli. Sie können ruhig Saskio zu mir sagen."

Über dieses Gespräch hatten sie den Wohnwagen von Cécile Zementry erreicht, der tatsächlich am Rande des Fischmarktes abgestellt war. Madame erstieg die kleine Treppe zum Eingang und öffnete mit Schwung die Tür.

„Hereinspaziert in die gute Stube", lud sie Saskio ein, zur Schlange sagte sie: „Annilein, du musst leider noch für einen Moment draußen warten. Drinnen ist es zu eng für uns drei. Aber mach´ bitte keinen Unsinn!" Sie erhob mahnend den Zeigefinger in Richtung Riesenschlange und komplimentierte Saskio ins Innere des Wagens. Während dieses Manövers erläuterte sie:

„Anastasia hat es auf den Mops der Nachbarin abgesehen. Einmal hätte sie ihn fast gehabt! Mit

21

einer Seilwinde musste ich sie von dem Mops herunterdrehen. Der arme Kerl litt schon unter Atemnot und schnaufte zum Gotterbarmen, so eng hatte Anna ihn umschlungen, und das nicht aus Zuneigung, kann ich dir versichern!" Saskio schluckte, kommentierte das Ganze aber nicht.

Drinnen war es wirklich etwas beengt, aber zweckmäßig. Nahm man auf dem einzigen Sessel Platz, landeten die Füße in der Zinkwanne, die zum Waschen bereitstand. Hockte man sich aufs Sofa, was offensichtlich, dem riesigen Plumeau nach zu urteilen, welches sich darauf türmte, auch als Bettstatt diente, musste man erst einen Haufen alter Tennisschläger, halbleere Bälle, eine Gewichtheberstange von beachtlichem Gewicht und andere Sportartikel zur Seite räumen.

„Ich bin Leistungssportlerin", sagte die alte Dame entschuldigend mit einem Blick auf die Gerätschaften zur Leibesertüchtigung.

Ein alter Ofen nahm auch nicht unwesentlich wenig Platz ein und von der Decke baumelten an langen Bindfäden befestigt Dinge des täglichen Bedarfs wie Töpfe und Pfannen, Geschirr und Besteck, aber auch Bücher, Stifte, Briefumschläge, ein paar Werkzeuge und eine Luftpumpe. Saskio wurde von Mme Zementry in den Sessel gedrückt, dann ließ sie eine Birnenschnapsflasche von der Decke hinab und zauberte aus der Tasche ihres Morgenmantels, der an der Tür hing, zwei kleine Likörgläschen. Nachdem sie eingeschenkt hatte, prostete sie Saskio zu und kippte das Zeug in einem Zug hinunter.

„Aah. Lecker, lecker", seufzte sie und leckte sich über die Lippen. Saskio kostete nur einen Tropfen von dem Gebräu, weil er nicht unhöflich sein wollte.

„Woher haben Sie Anastasia, wenn ich fragen darf?", wollte Saskio wissen. „Darfst du, darfst du", entgegnete Cécile leutselig.

„Damals, als ich noch etwas jünger war – ich glaube, es war während der Sommerolympiade in Sao Paolo, hat sie sich bei mir als blinder Passagier eingeschlichen. Ich war damals als Rhönradfahrerin engagiert und hatte zwischen den einzelnen Wettkämpfen meinen Auftritt zur Unterhaltung des Publikums. Wir waren eine ganze Truppe von Fahrerinnen und zeigten Akrobatik in Höchstform. Es hat Spaß gemacht. Als die Spiele vorbei waren, packten wir alle unsere Koffer und schifften uns nach Europa ein. In der Kabine klappte ich meinen Koffer auf und da lag sie, die Anastasia. Zusammengerollt und schlafend. Ich konnte sie nicht zurückbringen, wir waren schon ausgelaufen. Und obwohl sie eine sehr gute Schwimmerin ist, verträgt sie doch das Salzwasser gar nicht und kommt auch mit dem hohen Wellengang auf See nicht gut zurecht. Sie bevorzugt ruhige Süßwassergewässer. Also beschloss ich, sie bei mir zu halten. Und ich habe es bis auf den heutigen Tag auch nicht bereut." Dann seufzte sie.

„Warum seufzen Sie, Cécile? Ich darf doch Cécile sagen?", fragte Saskio.

„Ja, natürlich. – Ach, weißt du, ich mache mir etwas Sorgen um Annis Zukunft." Verwundert zog Saskio die Augenbrauen hoch und meinte: „Sie scheint mir doch noch ganz gut im Schuss zu sein. Fehlt ihr etwas?"

„Nein, das ist es nicht", entgegnete Cécile Zementry, „aber, ach, ich werde auch nicht jünger und ich weiß nicht, was mit ihr werden soll, wenn ich eines Tages mal nicht mehr bin." Damit seufzte sie wieder. Saskio überlegte einen Moment. Eine Geschäftsidee kam ihm in den Sinn, und weil er Cécile außerdem mochte und ihr helfen wollte, sagte er:

„Machen Sie sich keine Sorgen, Cécile. Ich kümmere mich darum. Wir wohnen in einem Haus mit vielen Zimmern und haben auch einen großen Garten, da ist Platz für alle. Neben unserem Garten verläuft der Bach, da könnte Anastasia baden und mit der Ernährung überlegen wir uns etwas. – Sie ist nicht zufällig Vegetarierin? – Das würde die Sache etwas vereinfachen."

„Oh nein. Sie frisst Fleisch, Geflügel und Fisch. Leider in rauen Mengen." Cécile blickte Sasa traurig an.

„So, na ja, ich verstehe. Sie ist ja auch groß. Da braucht sie schon was. Das kriegen wir schon hin."

„Aber, junger Mann. Das kostet. Sie verspeist Berge und ab und zu, nicht so oft, aber manchmal schon, muss sie zum Physiotherapeuten. Sie neigt nämlich mitunter dazu, sich zu verknoten – bei der Länge ein Problem – du verstehst, und der will auch sein Geld."

„Das Finanzielle werden wir schon regeln. Bekommen Sie eine Pension?", wollte Sasa wissen.

Mme Zementry nickte und fügte hinzu:

„Sehr hoch ist die leider nicht."

„Egal. Übertragen sie diese einfach auf Anastasia. Stellen Sie einen Antrag beim Amt."

Mme Zementry schaute ihn fragend an. „Geben Sie sie als Ihre Witwe an, dann wird das Amt für Versorgungswesen schon zufrieden sein. Das Geld soll dann auf mein Konto fließen und ich werde damit Anastasias und meine Unkosten tragen können. Ist das ein guter Vorschlag?"

„Das ist zweifelsohne ein sehr guter Vorschlag", versicherte Cécile Zementry und war um eine große Sorge erleichtert.

Damit stand Saskio auf und gab Mme Zementry die Hand zum Abschied.

„Wenn Sie sich nicht mehr kümmern können, zieht Anastasia zu uns. Ich verspreche es Ihnen." „Das würdest du für uns tun?" „Ja", sagte Saskio bestimmt und wandte sich zum Gehen.

„Vielen, vielen Dank, Saskio. Das werde ich dir nicht vergessen. Komm mich bald wieder besuchen!" Saskio nickte und winkte zum Abschied. „Bis bald und empfehlen Sie mich weiter!", rief er und guckte sich nach Annilein um, die war aber nicht zu sehen. Hoffentlich stellte sie nicht wieder dem Mops nach.

„Das werde ich!", rief die alte Dame zurück und winkte zurück.

Das vierte Kapitel, worin allerhand Viehzeug ins Haus zieht und der Ochsenfrosch gleich wieder ausziehen möchte.

Saskios Idee „Tierwaisen suchen ein neues Zuhause" verbreitete sich wie ein Lauffeuer unter den alten Herrschaften des Städtchens und wurde viel diskutiert. Im Großen und Ganzen fanden die meisten den Gedanken sympathisch, ihre Liebsten nach ihrem Ableben in familiärer Atmosphäre versorgt und behütet zu wissen. Nachdem sich die alten Leute persönlich einen Eindruck von der Familie, dem Garten und den vielen An-, Vor- und Hinterbauten gemacht hatten, wurden sie schnell mit Saskio einig und schlossen zum besten von allen einen Kontrakt mit ihm. Es wurde bestimmt und schriftlich festgehalten, dass der Mops oder Fiffi, es konnte auch ein Kanari oder ein Waran sein, nach dem seligen Ende ihres Menschen in die Obhut unserer Familie übergehen sollte. Im Gegenzug wurden Renten- und Pensionsansprüche, Erspartes und kleinere Erbschaften auf Saskios Konto bei der Spar- und Darlehenskasse eingezahlt.

Der älteste Urenkel und quasi Stammhalter dieser Sippschaft, Saskio, sah sich nun unbedingt verpflichtet, sein den Tanten, manchmal war auch ein Onkel darunter, gegebenes Versprechen auch dringend einzuhalten. Auch wollte er seinen jüngeren Geschwistern kein schlechtes Beispiel geben. Kurz: Das Haus füllte sich mit den Jahren mit Möpsen, Fiffis, Kakadus und anderem Getier jedweder Größe, Form und Couleur.

Das seltsamste Geschöpf unter den tierischen Bewohnern des Hauses war zweifelsohne ein sprechender und nachdenkender Nacktpapagei. Er gehörte zum Stammpersonal unserer Familie und war ausnahmsweise nicht als Erbsache verstorbener Tanten zu ihr gestoßen, sondern lebte bei der Sippschaft aus Gründen der Tradition. Warum der Papagei so ganz – sieht man einmal von einem spärlichen Flaum, der ihn bedeckte, ab – ohne Federkleid durchs Leben turnte, ob aus Altersgründen oder eventuell doch wegen einer unbeabsichtigten Folge der Zuchtauswahl, ist nicht mehr sicher zu klären. Er war schon nackt, als er in den Besitz des Urgroßvaters überging und der hatte damals vergessen den Vorbesitzer nach der Ursache für die Nacktheit des Aras zu fragen. Der Vogel begleitete den Alten schon seit dessen Südamerikareise vor etlichen Jahren. Dort hatte dieser ihn dem Inhaber eines Broiler-Grills[4] abgeschwatzt.

Er, der Vogel, sollte dort für den Hähnchen-Grill Werbung machen und ununterbrochen „Tap in the Wrap!" kreischen, was soviel wie „Hahn im Brötchen" heißt. Wollte er aber nicht und tat er auch nicht. Stattdessen schrie er immer nur aus Leibeskräften „Kein Vogelmord im Urlaubsort!". Der Broiler-Besitzer war schon

---

4 Ein Hähnchen-Grill, häufig auf einen Transporter montiert. Das bedauernswerte Federvieh dreht sich gerupft und kopflos aufgereiht auf langen Spießen im Grill und wird dann ganz oder in Teilen in Tüten verpackt verkauft.

ziemlich entnervt und überlegte im Stillen, ob er den Papagei vielleicht unauffällig zwischen die anderen Vögel auf den Grillspießen platzieren könnte. Ein glatter Mord! So kam der Urgroßvater, der damals noch ein junger Mann war, noch gerade zur rechten Zeit in Südamerika vorbei und wurde schnell mit dem Grillchef einig. Seitdem gehörte der Nacktpapagei zur Familie und fortan sorgte besagtes Tier dafür, dass sämtliche familiären Angelegenheiten ausführlich und ununterbrochen besprochen wurden, nämlich von ihm.

Dem Urgroßvater war das recht, war er so doch erstens über alles ins Bilde gesetzt, zweitens musste er selber nicht mehr alles kommentieren oder gar eine Entscheidung fällen, besonders Letzteres bereitete ihm nämlich die allergrößten Schwierigkeiten, um nicht zu sagen, für ihn schier ein Ding der Unmöglichkeit. Bestand doch immerhin die Möglichkeit einer Fehlentscheidung und als Ahnherr von vier Minderjährigen ist das nicht zu machen. Außerdem war der Papagei klug, jedenfalls klüger als so mancher andere, und gewöhnlich waren seine in einem etwas merkwürdigem Jiddisch gegebenen Ratschläge mindestens bedenkenswert.

„Das will ich auch meinen, saperlott! Die Mischpoche hier ist ja vollends ohne mich verloren. Lauter Schmocks mit einem Haufen Wirrsinn im Kopf. Glasauge sei wachsam!", krähte der Nacktpapagei von der Gardinenstange herunter und balancierte dabei schaukelnd von einem Bein auf das andere.

Die Menagerie vergrößerte sich – je nach Geschäftslage – von Jahr zu Jahr langsam, aber stetig. Der letzte Neuzugang war ein schwarzer, dickleibiger Ochsenfrosch, der die positive Eigenschaft hatte, das Wetter sicher vorherzusagen. Fraß er zwei Goldhamster auf einen Happs, konnte sicher mit Sonnenschein gerechnet werden, hockte er hingegen beleidigt in seiner Ecke und drehte allen den Rücken zu und war auch nicht mit Gott und guten Worten zu überreden, wenigstens ein Stück vom Fliegenbein zu sich zu nehmen (im Keller hatte man eigens für ihn eine Fliegenzucht angelegt), rannten alle hektisch in den Garten, klappten die Stühle ein und rollten die Hängematte auf, Fenster und Türen wurden, so gut es eben ging, wasserdicht gemacht, da mit Sicherheit in der nächsten halben Stunde ein Sturzbach an Regen auf sie herabkommen würde. So war es dann auch.

Die überall noch vom letzten Regenguss herumstehenden Töpfe, Eimer und Pfannen füllten sich wieder mit einem leisen oder lauteren Pling Pling. Der alte Herr hatte sich dann auch hoch und heilig für dieses Jahr wieder fest vorgenommen, das Dach zu reparieren. In Ermangelung anderer Möglichkeiten saßen oder lagen alle faul herum, bohrten in der Nase, pulten sich zwischen den Zehen, überdachten die Lage der Welt im allgemeinen und wechselweise die Situation in ihrem Portemonnaie oder den noch unerkennbaren Weg in die persönliche Zukunft und hofften auf ein Ende des Regens, der sie leider gerade von allen weiteren wichtigen Taten dieses Tages abhielt.

Der Hofhund Anatol hatte sich an solchen Tagen in seine Hundehütte zurückgezogen. Jedes Mal ein schwieriges Unterfangen für ihn: Er musste sich mit seinem Hinterteil zuerst hineinschieben, weil er sogar für einen Bullterrier, sagen wir einmal, recht korpulent oder die Hütte draußen im Garten einfach etwas zu klein für sein Format war. Jedenfalls lag er da, seinen schweren Kopf hatte er trübsinnig auf seine Vorderpfoten gebettet, und träumte von einer Gefährtin. Sie musste ja nicht groß sein, konnte auch ganz klein sein und sogar – von ihm aus – winzige Hörnchen auf dem Kopf tragen, aber sie sollte doch immer bei ihm sein. Er würde sie Pudu nennen. Vielleicht träumte er aber auch nur von einem großen, duftenden Knochen.

Die Abende verbrachten die Bewohner des Hauses auf unterschiedliche Art und Weise. Natürlich, die Nachtaktiven unter ihnen gingen auf die Pirsch oder besuchten ihre Verwandtschaft im umliegenden Wald oder im Nachbarort. Die anderen, wenn sie nicht wie der zum Inventar gehörende Faulbär im Dauerschlaf versanken, schauten gerne in die Telefernundfiktionskugel des alten Leguans. Dafür versammelten sie sich im ansonsten unbenutzten Wohnzimmer des Häuschens, dessen Dielenboden eine leichte Schieflage hatte, so dass alles Inventar langsam, aber stetig zur Seite rutschte. Die Wohnstube war mit einem riesigen ausladenden, altmodischen Sofa ausgestattet mit rosa Samtbezug und großen, geschwungenen Armlehnen, auf denen man wunderbar Platz nehmen konnte.

Die Kugel war das Heiligtum des Leguans und er hütete sie wie seinen Augapfel. Wenn er sehr gute Laune hatte, ließ er die anderen gnädig mit hineingucken. Aber er bestimmte fast immer das Programm. Er bevorzugte die Tiersendung „Wilde Mitbewohner!" oder „Neues aus der Kreidezeit" – auch so eine Wissenschaftssendung. Die anderen wollten am liebsten immer nur „Hokuspokus- Rätselhaftes aus der Welt der Magier" oder – noch schlimmer – „Die Rindenstraße" sehen. Eine unerträgliche Seifenoper! Dafür gab er seine Telefernundfiktionskugel auf keinen Fall her.

Besonders erpicht waren die Möpse und Fiffis aber vor allem auf die Teleskopfernfunktion der Kugel. Mit dieser konnte man nämlich in Echtzeit die aktuellen Geschehnisse der Welt live mitbetrachten. Gut, nicht immer, aber oft.

Irgendwie hing es mit der Wetterlage zusammen, ob der Empfang klappte oder eben

31

nicht. Am liebsten wollte der Leguan immer alleine gucken – er war ein Einzelgänger, aber im Laufe des Abends schlichen sich doch immer mehr Tiere in die gute Stube und nahmen, von ihm unbemerkt, hinter ihm auf dem Sofa Platz. Da der Leguan stark kurzsichtig war, saß er immer sehr nah vor seiner Glaskugel und starrte fasziniert hinein. Was hinter seinem Rücken vorging, bekam er nicht mit.

Schließlich war das Sofa belagert von sämtlichen Möpsen und Fiffis, Geckos und Goldhamstern, Kanaris und Schildkröten (die saßen unter dem Sofa, da sie Schwierigkeiten mit dem Klettern hatten), Meerschweinchen und anderem Kleingetier. Die Katzen waren nicht dabei, die hatten Besseres zu tun und waren draußen auf der Jagd oder auf einer Versammlung.

Anatol hatte auch vor der Flimmerkugel Platz genommen, leider immer noch allein. Das Pudu, der Neuzugang aus Südamerika, ungefähr hasengroß, es gehört zu den Hirschartigen, stieß erst später zu der Bande. Man glaubt es kaum, wenn du aber den Haarschopf auf seiner Stirn streicheln würdest, könntest du die kleinen Hornansätze spüren. Als es später endlich bei unserer Familie aufkreuzte, wurde es augenblicklich von Anatol adoptiert. Er hatte ja schon lange genug auf es gewartet und fortan war, wo Anatol war, auch das rotbraune Pudu, und wo das Pudu war, war Anatol nicht weit. Da Anatol nicht zu den einfallsreichsten in der Sippe der Bullterrier gehörte, nannte er das Pudu einfach Pudu, was es ja auch war. Er hatte mal von ihm gelesen in einem sehr alten Buch, „Brehms Tierleben" stand darauf, und auch eine klitzekleine Zeichnung von dem Pudu war zu sehen gewesen und in dem Augenblick, in dem er das Bildchen von dem Pudu gesehen hatte, war es um ihn geschehen gewesen! Er konnte es nicht mehr vergessen!

Jedenfalls füllte sich das Wohnzimmer mit allerhand Getier. Auf dem Kronleuchter, der von der Decke baumelte, hatte sich der Nacktpapagei niedergelassen und kommentierte das Ganze:

„So? Sejd ihr alle wieder versammelt vor dem Bilderkugele. So ein Schmonzes. Ihr glaubt doch hoffentlich nejt alles, was ihr do sent!? Nej, nej, ich guck´do gornischt hin. Interessiert mich nejt. Is nudne – longwejlisch. Ich loss mich nejt einseifen von dene Tinnef." Mit diesen salbungsvollen Worten schaukelte er ein wenig auf dem Kronleuchter herum und legte sorgfältig mit seinem Schnabel den spärlichen Haarflaum auf seiner Brust zurecht, so als gäbe es nichts Spannenderes zu tun. In Wahrheit war er aber höllisch interessiert an den Flimmergeschichten (und verpasste auch keinen einzigen Telekugelabend), und wenn er auch die Augen demonstrativ zukniff, um seine Ablehnung zu demonstrieren, so linste er doch immer wieder neugierig auf die Kugel, der Mops hatte es genau gesehen.

Wenn der Leguan seine Telefernundfiktionskugel angeworfen hatte, fing sie an zu flimmern und zu leuchten. Die bewegten Bilder, die in der Kugel erschienen, erstrahlten zuckend und farbig in der ansonsten dunklen Stube und brachen sich in den kristallenen Prismen des Kronleuchters. Der Bilderreigen tanzte durch den Raum, da die Kugelform nach allen Seiten ihr Licht ausstrahlte. 360°-Kino sozusagen und die Tierversammlung auf dem Sofa war ein begeisterter Teil davon.

Das fünfte Kapitel berichtet von Madame Perrier und ihren sonderbaren, aber nützlichen Fähigkeiten, von einer Hutmacherin ohne Haare und einer Nonne, die nicht beten kann.

Das Leben unserer Familie kreiste um die Versorgung der Tiere und die Bestellung des Gartens, man traf sich unter dem Maulbeerbaum auf ein Schwätzchen, Saskio übte sich weiter in Taschenspielereien und jeder ging seinen Neigungen nach. Da das Häuschen etwas außerhalb des Städtchens gelegen war, hatte man nicht den ausgiebigsten Austausch mit den anderen Stadtbewohnern, mit Ausnahme einiger der alten Herrschaften, zu denen man freundschaftliche und geschäftliche Beziehungen unterhielt wie zum Beispiel zu der Musiklehrerin des Ortes: Madame Perrier. Sie selbst war zwar nicht die Besitzerin eines Vierbeiners, hatte aber eine nützliche Gabe, von der Saskio gerne profitieren wollte. Sie verstand und sprach nämlich die Sprache vieler Tiere. Das wollte Saskio auch können und nahm deshalb bei ihr Fremdsprachenunterricht einmal in der Woche.

Über diese allwöchentlichen Termine hatten sich die beiden angefreundet, und wer mit Mme Perrier befreundet war, war es zwangsläufig auch mit deren beiden besten Freundinnen: der Hut- und Putzmacherin Mademoiselle Four und der Bahnwärterin Soir Soir, ehemals Nonne im Kloster der Barfüßer.

Madame Perrier war von besonderer Klarheit,

um nicht zu sagen Durchsichtigkeit. Stets mit sehr gerader Haltung, immer im dunkelgrünen hochgeschlossenen, strengen Kleid pflegte sie mit Akkuratesse ihre in großer Anzahl vorhandenen immergrünen Zimmerpflanzen. Da sie wenig vor die Tür ging, war sie sehr blass, ihre dunklen Haare, die sich permanent aus ihrem Dutt lösen wollten, unterstrichen diesen Eindruck noch. Als Musikpädagogin des Städtchens hatte sie sich ganz der Welt des Klangs verschrieben und Heerscharen von Schülern waren durch ihr Haus gewandert und hatten mit feuchten Fingern das Klavier traktiert und Madame Perriers Hörvermögen auf etliche Proben gestellt. Erwiesen sich ihre Eleven leider als doch zu unbegabt, bot sie den Eltern ihrer Schützlinge auch den Unterricht auf anderen – womöglich leichter zu erlernenden – Instrumenten an.

Das Blasen auf Kämmen aller möglichen Größe und Machart (es ist weiß Gott ein Unterschied, ob man auf einem Plastikkamm aus Hongkong das Musizieren lernt, oder etwa auf einem handgesägten Kamm aus Walfischknochen aus Papua-Neuguinea) wäre eine gute Alternative, auch das Trommeln auf Töpfen, Bäuchen und anderen Hohlkörpern böte sich an, oder aber der Unterricht in der hohen Kunst der Stimmbildung mit dem Ziel, die heimische Fauna zu imitieren und mit dem Getier auf einen kleinen Plausch über dies und das zu schwätzen.

So bewegte sich jeden Nachmittag ein langer Strom von mehr oder weniger begeisterten

Musikschülern zu dem alten, hohen Haus im Finkenweg drei, zog an der rostigen Kette vor der wuchtigen Eingangstür, man hörte ein lautes Geläute im Innern und wartete auf Einlass. Bald darauf kam auch schon Madame mit Trippelschritten und öffnete vorsichtig die Tür.

„Ah, voila, da bist du ja, mein liebes Kind!

Hast du auch schön geübt?"

Diese Frage war der erste heikle Punkt der anstehenden Musikstunde. Bejahte man diese, wurde man nämlich mit einem kräftigen Ruck von Madame ins Innere des Hauses gezogen. Gegenwehr zwecklos. Ließ man aber eine ge-

wisse Unsicherheit erkennen, fing an rumzu-
drucksen, den Einwand hervor stammelnd,
eventuell zu wenig Übungszeit und -möglichkeit
gehabt zu haben, dann Gnade einem Gott!
Madame erstarrte, fasste den Beklagenswerten
genauer ins Auge und zischte dann nur ein
„Warte hier!". Mit diesen Worten ließ sie die
schwere Holztür ins Schloss krachen und verschwand.

Nach kurzer Zeit, in der niemand wagte, sich
auch nur einen Millimeter von der Stelle zu bewegen, tauchte Madame wieder auf, bewaffnet
mit einem rüschigen Damenregenschirm und
bekleidet mit einer Pelerine aus Popeline. Sie
nahm den besagten Schüler oder die Schülerin
fest an der Hand und marschierte mit langen
Schritten (sie hatte außergewöhnlich lange
Beine) in den nahegelegenen Stadtpark. Dort
hieß sie den Schüler auf einer Bank Platz
nehmen und setzte sich selbst daneben. Dann
schwieg sie. Wenn der Schüler nach einiger Zeit
wagte, sich bemerkbar zu machen, zischte sie
nur „Still!". So verharrten die beiden ungefähr
eine halbe Stunde in tiefem Schweigen.

„Hörst du es?" „Was?", entgegnete unsicher
das Kind.

„Herrgottchen. Das Eichkätzchen." „Ich hör
nichts."

„Du musst dich anstrengen. Achte auf das
hohe F ..... Und?"

„Ich glaub, jetzt hab ich was gehört."

„Sehr gut. Das Eichkätzchen spricht ausschließlich in einer sehr hohen Tonlage. Versuch es einmal." Der Schüler wollte gerade an-

heben mit hoher Fistelstimme das helle „Ikiti"
nachzuahmen, als er schon wieder unterbrochen wurde.

„Still. Noch nicht, erst noch einmal lauschen.
Nur wer gut zuhört, kann auch gut nachmachen."

So vertieften sich beide noch einmal in das
Gespräch der Eichkätzchen über ihren Köpfen.

„Jetzt! Denk an deine Atmung. Den Luftstrom
nur durch die Schneidezähne entweichen lassen
und die Zehen zusammendrücken." Mit gerunzelter Stirn und roten Ohren vor lauter Anstrengung entwich ein „Zikitu" dem Schüler.

„Fast. Für den Anfang gar nicht schlecht."

„Und was heißt das?", wollte das Kind noch
wissen.

„Der Kobel hat ein Loch."

„Ooh! Und was habe ich gesagt, aus Versehen?"

„Mmh, der Zobel hat ein Loch. Ts. Dabei gibt
es hier gar keine Zobel. Anfängerfehler. Das
kommt noch."

Mit diesen Worten tätschelte Madame Perrier
ihrem Schüler aufmunternd die Wange, winkte
kurz und rief im Weggehen leichthin: „Bis
nächste Woche! Vergiss das Üben nicht und
noch wichtiger – das genaue Zuhören!"

Damit war die Musikstunde für diese Woche
beendet. Immerhin erlernte so doch der eine
oder andere Schüler Mme Perriers, neben der
Fertigkeit ein Musikinstrument zu spielen, auch
noch die hohe Kunst der Tiersprachenimitation
und sogar – die besonders Begabten – die Sprache der Tiere nicht nur zu sprechen, sondern

auch zu verstehen! Eine Kunst, die allerhand Vorteile im Leben bietet!

Wenn Madame Perrier eine Meisterin in der Stimm- und Gehörbildung war, so war ihre Freundin Mademoiselle (Petit) Four eine Zauberin mit Nadel und Faden, Nähmaschine und Plätteisen. Mit viel Geschick und Fingerfertigkeit, um nicht zu sagen Fingerspitzengefühl, verwandelte sie altbackene Hauskittel in glanzvolle Ballkleider und bollerige Einkaufskörbe in turmhohe, elegante Hutkreationen. Mademoiselle war klein, korpulent und aufgedreht. Ihr rotwangiges Gesichtchen wurde von einer wilden dunkelblonden Lockenpracht umrahmt. Eigentlich handelte es sich hierbei um eine von ihr selbstgeknüpfte Perücke, ihre Haare hatte sie aus Trauer um den Tod ihres Mannes in frühen Jahren verloren. Sie hatte auch einen erwachsenen Sohn, der kam aber nur zu Weihnachten auf einen einstündigen Besuch vorbei, da ihm immer die Zeit fehlte. Wie andere ein Loch in den Socken haben, entwich ihm immer aus irgendeiner unauffindbaren Ritze seine Zeit – armer Junge!

Von Beruf war Mademoiselle Four Hutmacherin, nicht Perückenmacherin. Sie hatte allerdings an jedem ihrer Hüte eine identische blonde Lockenperücke befestigt, sodass sie, wenn sie ausging, niemals kahlköpfig war. Niemand wusste und sollte wissen, dass sie keine Haare mehr hatte. Sie schämte sich ein bisschen deswegen.

Ihr Atelier hatte Mlle Four in der Stadt, selbst wenn sie arbeitete, hatte sie immer – sommers wie winters – einen von ihr selbst entworfenen Hut nebst Perücke auf. Die Leute dachten, es sei aus Werbezwecken, in Wahrheit war es wegen der Perücke. „Eine Dame ohne Hut ist undenkbar!", pflog sie ihren Kunden immer zu sagen, die sie manchmal fragten, ob sie den Hut wegen der Hitze im Raum nicht abnehmen wolle oder ob es nicht unbequem sei, die Putzmacherei mit einem solchen Getüm auf dem Kopfe zu vollbringen.

Mademoiselle Four war als Modistin des Ortes Saskios zuverlässige Quelle für alle Neuheiten, Skandale und Heimlichkeiten, die sich so in der Bürgerschaft zutrugen oder von denen man sich erzählte, dass sie sich so und nicht anders zugetragen hätten. Jedenfalls, wenn man dem Gerede von Mademoiselle Fours Kundschaft Glauben schenken konnte. Neben dem, dass diese den Rat in Sachen à la mode und das handwerkliche Geschick von Mademoiselle in Anspruch nehmen wollten, wollten sie vor allen Dingen die brennendsten Geheimnisse bei ihr loswerden. Natürlich alles unter dem Siegel der Verschwiegenheit und absolut vertraulich, und deshalb fanden sie sich häufig in dem Näh- und Modesalon ein. Auch wenn die aufgegangene Naht oder der verlorengegangene Knopf, derentwegen sie vorgaben gekommen zu sein, ohne weiteres von ihnen selbst wieder an- und zugenäht hätte werden können.

Bei Mademoiselle Four war es immer gemütlich, es gab parfümierten Tee und klitzekleines Zuckergebäck und die unwahrscheinlichsten Geschichtchen und Histörchen obendrein. Alle waren sich einig, dass sie ihr Handwerk verstand – was unumstritten war – und sie eine sehr angenehme Gesellschaft sei – was ebenfalls stimmte. Mademoiselle beteiligte sich selbst an dem Geschnatter und Getratsche nicht, hatte aber für alle und alles ein gutes Ohr, so dass sich jeder verstanden fühlte und unerschrocken über Gott und die Welt sprach, beurteilte und manchmal auch verurteilte. In einem solchen Fall ermahnte Mademoiselle mit einem „Na, na", schenkte mit einem Lächeln noch einmal Tee aus und das Gespräch wendete sich wieder milderen Einschätzungen zu. Am Ende waren alle zufrieden, der Knopf angenäht und die Welt wieder geordnet genug, um beruhigt nach Hause gehen zu können.

Die dritte im Bunde der drei Unzertrennlichen war Soir. Schwester Soir. Sie war riesig. Vom Format eines Schrankes und für eine Frau wirklich ungewöhnlich anzusehen. Auch ihre Füße waren groß und steckten in schwarzen, knöchelhohen, unförmigen Stiefeln. Ihr schwarzes Gewand schien von einem Zeltmacher gewebt worden zu sein und ihre schwarze Flügelhaube hatte die Ausmaße einer holländischen Windmühle. Es war immer noch ihr alter Habit aus dem Kloster, aus dem sie bei einer Nacht- und Nebelaktion ausgewandert war, weil sie partout nicht die Gebete in ihrem Schädel textrichtig memorieren konnte. Dabei war der auch ziemlich groß, der Schädel. Dem Rest entsprechend eben. Aber für eine Nonne ging das eben nicht. Da musste man – Minimum! – wenigstens die zehn wichtigsten Gebete und das Ave Maria schnurgerade heruntersagen können. Aber selbst nach 36 Jahren intensiver Gebets- und Bibelkunde im Kloster der Barfüßer brachte sie immer noch alles durcheinander, zudem wollte sie partout nicht – auch nicht zur Nachtzeit im Bett – ihre schwarzen Knobelbecher ablegen und ihre Äbtissin verlor langsam die Geduld mit ihr. Um einem möglichen Rauswurf zuvorzukommen und auch weil ihr mittlerweile – ehrlich gesagt – das ewige Gebete und Hallelujasingen etwas auf die Nerven ging, war sie also geflüchtet und wollte sich die Welt anschauen gehen.

Sehr weit kam sie jedoch nicht. Nach wenigen Kilometern schritt sie an dem Bahnwärterhäuschen vorbei. Die Stelle des diensthabenden Wärters war gerade vakant, tragischerweise war er von einem außerplanmäßigen D-Zug erfasst worden, als er gerade die Parallelität der Schienen überprüfte. Ob er tot war, konnte die Bahndirektion nicht mit Sicherheit sagen, aber nach diesem Ereignis mit dem D-Zug hatte ihn keiner mehr zu Gesicht bekommen. Die Stelle konnte nicht ewig unbesetzt bleiben – es hatte sich schon ein irre langer Stau vor der nun schon seit Tagen geschlossenen Schranke gebildet. Jedenfalls übernahm Schwester Soir die Angelegenheit sofort, kurbelte die Schranke hoch, bezog das Häuschen und nahm Posten ein. Stundenlang beobachtete sie fortan das Gleisgeschehen mit einem von ihrem Vorgänger im Amte überlassenen Feldstecher. Sie hatte alles im Blick und die Schranke wurde wieder regelmäßig geöffnet und geschlossen und – Gott sei Dank – Hosianna musste sie nun auch nicht mehr singen.

Mit diesen drei Damen pflegte sich Saskio also öfter zu unterhalten und bei schönem Wetter besuchten sie ihn auch in seinem Garten. Dann saßen sie bei Butterblumenkuchen und Waldmeisterlimonade unter dem Maulbeerbaum und erzählten sich allerhand Anekdötchen von verspäteten Fernzügen aus Timbuktu – der Lokführer litt an der Schlafkrankheit und hatte deshalb leider wieder einmal verschlafen – oder vom Missgeschick des Milchgesichtes vom Melzerhof, der jetzt schon zum wiederholten Male in das Butterfass gefallen war und nur mit knapper Not aus seiner wenig sahnigen Lage befreit werden konnte.

Das sechste Kapitel, worin sich die Familie langsam komplettiert und auch wieder nicht.

Der dritte und jüngere Urenkel, Susu (der zweite kommt später dran), der ja gleichzeitig das zweite Sonntagskind war, stand mit dem ersten in besonderer Verbindung. Obwohl die beiden sage und schreibe ganze zehn Jahre trennten – und das ist viel im jugendlichen Alter – waren sie einander inniglich zugetan. Sei es, dass es der Tag des Herrn und ihrer beider Begegnung war. Möglich, dass die Ruhe und Festlichkeit, die einem noch so durch Fahrigkeit und Unruhe gestörten, aber dennoch hohem Sonntage eigen ist, beide auf den gleichen leichten Ton stimmte, oder aber Saskio fasste den kleinen Susu besonders ins Auge, als dieser endlich wieder ins Licht der Welt blinzeln durfte, als man ihn vorsichtig aus seinem Luftpostpaket befreit hatte: Er war nämlich mit der Post gekommen – Extrazustellung! – und schloss ihn tief in sein ansonsten sehr pragmatisches Herz ein.

Leider verschwand Donella wenige Monate nach Susus Ankunft mir nichts dir nichts und so übernahm Saskio das Wärteramt des Kleinen und überhaupt brachte er ihm allerhand bei. Laufen und sprechen konnte er schon, er war ein schlaues Kerlchen und ja bei seiner Ankunft immerhin auch schon fünf Jahre alt. Saskio dachte sich lustige Spielchen für ihn aus und wenn der Kleine vor Freude krähte, lachte Saskio auch. Auf die Idee, in die Schule zu gehen, kam niemand von ihnen. Der doch ziemlich kleine Susu hätte zu den baumlangen Kerlen der ersten Klasse auch nicht recht gepasst. Auf der Schulbank sitzend hätten seine Füße ja noch nicht einmal das Linoleum im Klassenzimmer erreicht und seine Nase hätte – im besten Fall – knapp über die Pultkante geragt. So konnte man nicht am Schulunterricht teilnehmen. Das war sonnenklar! So blieb dem Alten nichts anderes übrig, als das Geschehen klaglos und still seufzend vom Sofa aus zu überwachen. Lange aber blieb unsere Familie leider nicht in dieser glücklichen Vollständigkeit erhalten. Wenige Monate nach Susus Ankunft verschwand Donella und ließ den Alten, den fünfzehnjährigen Saskio, den zehnjährigen Stutz und den fünfjährigen Susu ratlos zurück.

Vielleicht hätte man merken können, dass mit Donella etwas nicht stimmte. Mit den Jahren war sie etwas wunderlich geworden. So saß sie nun nicht mehr nur bei Vollmond auf dem Dachfirst, sondern eigentlich bei jedem Wind und Wetter und blickte versonnen in den Nachthimmel, unansprechbar war sie dann und man konnte nur mutmaßen, wohin ihre Gedanken flogen. Wahrscheinlich zum Mond, zu dem sie eine besondere Zuneigung hegte. So lockte sie ihn so manches Mal vom Himmel herunter, indem sie ihm leise ein Abendlied vorsang und ihn mit einem kleinen Winken zu sich auf den Dachfirst einlud.

Da saßen sie dann: Sie rittlings und er ein wenig schaukelnd und aufpassend, dass er nicht vom Dach rollte. Sie schauten sich an und tauschten ihre Gedanken, dann, nach einer Weile – manchmal saßen sie auch Stunden in gemeinsamer Weltraumbetrachtung dort – nahm der Mond wieder Abschied, drückte Donella noch einmal herzlich und stieg zu seinem Platz am Nachthimmel empor und stand dann wieder genauso, als wäre er nie woanders gewesen. Nur die Astrologen in ihren weit entfernten Sternwarten wunderten sich dann ein ums andere Mal über diese seltsamen Mondbewegungen. Da sie es sich aber nicht erklären konnten, schoben sie es auf eine Fehlberechnung der Mondbahn durch ihren unfähigen Assistenten.

Auch der Herr Wind gehörte zu den besonderen Freunden Donellas. Sie sprach und trällerte mit ihm, wann immer er vorbeikam. Er war ein ungestümer Gesell und voller Leidenschaft und er wollte Donella unbedingt überreden, mit ihm zu kommen und sich die Welt anzusehen. Einmal rund um den Äquator, oder eine Nord-Südpolexpedition, in Windeseile sozusagen. Donella hatte Mühe diese Avancen abzulehnen, sie musste sich schon ordentlich am Dach festklammern und energisch den Kopf schütteln. Der Wind nahm das nicht persönlich, er mochte Donella trotzdem und kam sie immer wieder besuchen.

Ein ums andere Mal sprach der Alte Donella zu, sie solle ihre Dachbetrachtungen doch wenigstens auf die Sommerzeit beschränken, da sei es nicht so stürmisch und vor allen Dingen nicht so kalt. Sie werde sich da oben, wenn nicht den Tod so doch wenigstens einen ungeheuren Schnupfen holen – von der Gefahr vom Dach zu stürzen und sich den Hals zu brechen, ganz zu schweigen. Ob sie das wolle?

„Ach, lass mich doch den Mond umarmen und die Sterne küssen, soviel ich will", erwiderte Donella und drehte versonnen an dem alten Transistorradio in der Küche.

Sie liebte Schlagermusik und die Himmelskunde der Wissenschaftssendung, die sie regelmäßig um fünf vor fünf jeden Samstag hörte.

Donellas nächtliche Sitzungen auf dem Dach fanden ihr Gegenstück in ihrer Betriebsamkeit am Tage, so buk sie vom frühen Morgengrauen an mit unerschöpflichem Eifer die großartigsten Torten, Kuchen und Petit Fours. Aber nicht, wie man vielleicht denken könnte, einmal die Woche oder zu besonderen Anlässen, nein, jeden Tag, den Gott werden ließ, entstanden Bisquittiere und Gebrauchsgegenstände aus Mürbeteig, Flugobjekte aus Brand- oder feinstem Crêpeteig. Es gab bald keine freien Plätze mehr, überall standen und lagen ihre Schöpfungen und waren von ihren echten Vorlagen kaum zu unterscheiden, sodass es häufiger vorkam, dass der Alte nach einem Glas aus Zucker griff und dieses sich nach Befüllung leider sofort auflöste oder sich die Zange zum Zähneziehen unversehens im Mund in einen süßen Rührteigbrei verwandelte. Donellas Teigtiere waren ihren lebenden Verwandten so ähnlich, dass diese häufig ein Gespräch mit ihnen versuchten oder in zarter Liebe zu ihnen entbrannten, bis sie nach einiger Zeit feststellen mussten, dass diese Exemplare doch allzu wortkarg und irgendwie auch gefühlskalt waren.

Wenn der Alte Donella sanft darauf hinweisen wollte, dass es nun wirklich kein Quäntchen Platz mehr im Hause gäbe, zuckte Donella nur mit den Schultern, bugsierte einen Teil ihrer Konditormeisterlichkeiten in die überall herumstehenden Futternäpfe und Teller der Tiere, krempelte erneut ihre Ärmel hoch, bestäubte sich die Hände mit Mehl und begann erneut den Teig zu walken, dass der hölzerne Arbeitstisch gefährlich ins Wanken geriet. Dabei sang sie immer ein Lied von fernen Seemännern mit blauen, sehr blauen Augen, deren Schiff einst wiederkommen werde. Ansonsten war Donella aber wie immer, und niemand hätte geglaubt, dass sie eines Nachts nicht mehr auf dem Dach sitzen und der Backofen keine bisquitenen oder rührteigigen Geschöpfe mehr ausspucken würde. Gesagt hatte sie kein Wort.

Das siebte Kapitel, in dem Stutz zum Erfinder wird und Susu beginnt, Zahnbürsten einzukochen.

Der zweite, das Samstagskind, hieß Stutz von „stutzig sein". Nicht, dass dieser von besonderer Begriffsstutzigkeit gewesen wäre, nein, aber er wunderte sich viel, weshalb er häufig innehielt und sich die Dinge von nahem und ganz genau anschauen musste. Er stellte auch die komischsten Fragen. Etwa, ob der Schmetterling betrunken wäre, da er so seltsam taumelig flöge. Oder, ob die Kuh des Milchmanns zu viel Wasser tränke, die Milch schmecke immer so wässrig. Dabei wusste jeder im Dorf, dass der Milchmann die Milch heimlich mit Wasser streckte, um seinen Verdienst etwas aufzupolieren. Dann wieder konnte er einen mit großen Augen anstaunen, nur weil man sich etwas geräuschvoll die Nase geputzt hatte. Trage man heimlich eine kleine Trompete im rechten Nasenflügel mit sich herum? Solche Sachen eben.

Manche meinten, er wäre nicht ganz richtig im Kopf, aber ich sehe das anders. Der Tierliebste von allen war er bestimmt. Auf sein Konto ging auch die Fliegenzucht im Keller, weil er steif und fest behauptete, die Ernährung des Ochsenfrosches ausschließlich mit Goldhamstern sei diesem und dessen Gesundheit – von der der Goldhamster einmal ganz zu schweigen – nicht förderlich. Er wisse, dass Frösche unbedingt auch Fliegen für eine ausgewogene Ernährung bräuchten und wenn er von etwas überzeugt war, dann setzte er es auch ausnahmslos um.

Wie zum Beispiel bei der Sache mit dem Schrott- und Altwarenhandel. Das hatte gerade noch gefehlt! Aber es war üblich in der Familie, dass jeder sich nützlich machte – auf seine Art. Stutz hatte nur so gar kein Verhältnis zum Wert oder Unwert einer Sache.

Für ihn war alles gleich besonders und interessant, deshalb kam er auf die glorreiche Idee, einen Handel – auch Tauschgeschäfte gingen sehr gut – mit wirklich ausgedienten Dingen zu beginnen. Zur Füllung seines Lagers im hinteren Schuppen unternahm er ausgedehnte Fahrten übers Land mit seinem Bicyclettamobil – auch jeder Sperrmülltag war ihm ein besonderer Tag und der Sperrmüllkalender war für ihn, was für andere der Heiligenkalender war. So durchstöberte er alles: aufgelassene Scheunen, vergessene Tanzlokale, alte Bauernhöfe – und man sollte nicht denken, dass er nur Dinge in Augenschein nahm, die offensichtlich niemandem mehr gehörten.

Er begrüßte die Leute ebenso freundlich in ihren Küchen wie auch in ihren Wohnstuben, kletterte in deren Schränke und Truhen und vergaß auch nicht die Stellen unter den Sofas und Betten. Was er dabei zutage förderte, erstaunte die Bewohner oft nicht schlecht, handelte es sich häufig um Langvergessenes oder schmerzlich Vermisstes. In der Freude über solch unverhofftes Wiedersehen überließen die Leute ihm gerne einen Teil der Fundsachen (manche tippten sich auch hinter seinem

Rücken an den Kopf und waren heimlich froh, einen Dummen für den alten Plunder gefunden zu haben), welche er dann sorgfältig auf seinem Transportgefährt verstaute und nach Hause bugsierte, wo er diese dann aufwändig reparierte, aufpolierte und einer neuen Bestimmung zuführte.

So verwandelte er eine alte Kaffeemühle zum Kurbelantrieb für einen dann – in der Regel – selbstfahrenden Kinderwagen mit Kaffeeausschank – dabei hatte er besonders die chronisch übermüdeten Mütter im Blick. Die potentiellen Väter waren begeistert, die Mütter allerdings etwas weniger – sie hatten Sorge um die Bremsleistung des Gefährts, aber sie wollten auch nicht unmodern sein. Oder er verwandelte – sehr praktisch und gleichermaßen umwelt- und modebewusst – eine rostige Gießkanne in eine Außendusche mit Selbstbräunereffekt, natürlich nur im Sommer zu benutzen, schon wegen des Bräunungseffekts. Wer würde einer solch rostigen Bräune im Winter Glauben schenken?

Besonders stolz war er auf seine Entwicklung eines SommerfrischewindundBlasorchesters.

Eine feste Installation aus einem komplizierten Mechanismus aus Tretlagern, Rädern, Segeln verschiedener Größe, Rohren, Registern und Trichtern im Hausgarten. Das Herz der Konstruktion war ein Fahrrad mit Dreifachantrieb und ... Dreifacheffekt. Bestieg man nämlich dieses Tretoped und stemmte sich so richtig in die Eisen, begann sich eine Unzahl von großen und kleinen Rädern, ganz zuoberst ein nicht ganz kleines Windrad, zu drehen. Gleich darauf erscholl aus den Trichtern zerbeulter Großküchen (Blechbläser) und Musikalienhandlungen eine zauberhafte Blasmusik – mal crescendo mal pianissimo, je nach Fitnesszustand des jeweiligen Pedalisten. Gleichzeitig blies ein zartes, erfrischendes Lüftchen durch den Garten, was im Sommer angenehme Kühlung mit sich brachte und zudem erstrahlte das gesamte Haus im Glanz sämtlicher Glühbirnen und auch der selten benutzte E-Herd bullerte hitzeheiß vor sich hin.

Darum wollte sich Stutz noch kümmern, da sich Susu beschwert hatte, dass er jeden Sommer, sobald das Tretoped in Fahrt kam, Stunden vor dem Herd zubringen musste, um dessen Hitze auf keinen Fall zu verschwenden – der Großvater bestand darauf. So kochte Susu alles ein und fertig, was Garten und Vorratsschrank nur hergab. In seiner Verzweiflung und mangels weiteren Einmachobstes und anderer essbarer Gartengewächse war er schon dazu übergegangen auch alte Schuhe, Zahnbürsten und Fahrradpumpen (an denen immer ein unerklärlicher Mangel herrschte) einzuwecken für schlechte Zeiten. Man wusste ja nie, was noch kommt und da war es besser, man sorgte vor.

Also, auf jeden Fall war diese Erfindung, die gleichzeitig für angenehme Mußestunden im Garten bei Wind und Musik und zudem für die Elektrifizierung des Hauses sorgte, Stutzens ganzer Stolz und in seiner Freizeit verwendete er viel Zeit und Tüftlergeduld auf die Perfektionierung seiner Maschine. Wenn man ihm glauben darf, stand er kurz vor der Vollendung des Prototyps. Wenn, ja wenn dieser nicht immer wieder Stutzens Eigenart des Wunderns und Nochmalüberlegens entgegenstünde! Kurz vor der endgültigen Fertigstellung galt es nämlich jedes Mal hier und da noch etwas zu verbessern oder zu ändern. Aber es war ein Prachtstück und ragte gut sichtbar für alle hinter dem Haus zwei bis drei Meter über den Dachfirst hinaus.

War Stutz nicht gerade in die Lektüre von komplizierten Schaltplänen vertieft oder beim Löten, Schrauben und Schweißen, saß er häufig unter dem alten Maulbeerbaum im Garten bei seinem besten Freund, dem Bären. Die beiden waren von Anfang an einander sehr tief zugetan, und sprachen sie nicht ausführlich miteinander, fand man sie häufig bei einem gemeinsamen Nickerchen, der eine an den anderen gelehnt und leise im Duett schnarchend.

Die Tage vergingen und die Welt sah Stutz also – wenn er nicht in seinem Arbeits- und Lagerschuppen vor sich hin werkelte – sommers wie winters mit seinem Bicyclettamobil durch Wind und Wetter strampeln, vornübergebeugt neuen Zielen entgegen.

Sein Anblick gehörte in diese Landschaft weiter Ebenen und sanfter Anhöhen. Die Landstraßen waren häufig von windzerzausten Birken gesäumt, rechts und links Felder und Wiesen,

Wassergräben verschiedener Breite und Tiefe manchmal brackig und entengrützgrün, aber auch torfig klare mit Ried und Binsen, Froschlurch und Wasserhyazinthen gesäumte. Ab und zu fing ein Hof den Blick, seltener ein Weiler.

Die nächste Stadt kannten die meisten nur vom Hörensagen. Aber was wurde nicht alles erzählt? Stutz jedenfalls hatte genug damit, seine 30, 40 Kilometer täglich abzuklappern und fündig zu werden. Kurz: Er war allen bekannt und wegen seiner ruhigen und freundlichen Art beliebt bei den Leuten.

Das achte Kapitel, worin der Faulbär auf keinen Fall gestört werden möchte, Monsieur Bonnemaison nach Amerika auswandert und der Alte zu seinem Häuschen kommt.

Wo war ich stehengeblieben? Ach ja, ich vergaß zu erwähnen, dass hinten im Garten ein Bär Platz genommen hatte und zwar schon lange, bevor unsere Familie das kleine Häuschen am Ortsrand bezogen hatte. Ja, lange bevor die vier Urenkelkinder das Licht der französischen Sonne erblickten und Donella verschwand. Ob auf Nimmerwiedersehen, wissen wir zu diesem Zeitpunkt noch nicht. Der Bär war ein Faulpetz, wie er im Buche steht. Behäbig und bedächtig, nur keine Eile, alles will in Ruhe bedacht, gedreht und gewendet werden. Von der rastlosen Unruhe seines früheren Lebens, er dachte nur mit Abscheu daran zurück, wollte er nichts mehr wissen, kurz: Er hatte gestrichen die Schnauze davon voll und ließ sich selbst an Festtagen auch nicht zu dem kleinsten Tänzchen überreden. „Genug getanzt. Ausgetanzt", brummte er und setzte sich noch einmal gemütlich zurecht.

Auch heute lag er wie immer – ganz Faulbär, der Faulbär – hinten im Garten unter dem großen Maulbeerbaum und ließ den lieben Gott einen guten Mann sein. Kein Mensch wusste genau, wie er hierhergekommen war. Wenn es nicht gerade Winter war, lag er immer dort, wechselte ab und zu seine Position, um bequemer schlafen zu können, und schnarchte weiter vor sich hin. Nichts und niemand konnte ihn in seiner Ruhe stören. Eine Eigenschaft, die in diesem Haus nicht ganz von Nachteil war. Der alte Mann behauptete, er hätte ihn damals beim Hauskauf mit übernommen, als lebendiges Inventar quasi. Der Vorbesitzer, ein gewisser Monsieur Bonnemaison, wollte über den großen Teich nach Amerika und die amerikanischen Zollbehörden hatten entnervt abgewunken, von wegen Einfuhr eines Faulbären und auch noch ohne Papiere.

So stand er – der Bär – also auch mit in der Anzeige des Stadtanzeigers: Charmantes Häuschen (renovierungsbedürftig) mit Garten und Faulbär an den Meistbietenden abzugeben. Der Meistbietende war dann der alte Herr – auch der einzige, der die Bruchbude genauer in Augenschein nahm – und man wurde sich schnell einig. Bei zwei Bechern Pastis (ein scheußliches Gebräu aus Anis) wechselten ein paar abgegriffene Scheine, die der Alte umständlich aus seinem Schnupftuch löste, die Seite, ein Handschlag und fertig. Der ehemalige Eigentümer hatte es eilig nach Amerika zu kommen, da er dort eine Karriere als Umbrella- (das ist Englisch und heißt soviel wie Regenschirm) Verkäufer und Sonnencremevertreter anstrebte.

Anfänglich hatte er etwas Anlaufschwierigkeiten mit seiner Geschäftsidee, da er Arizona mit Alaska verwechselt hatte und partout niemand im hohen Norden Sonnenmilch haben wollte, die Schirme gingen leidlich besser, aber gegen Schneesturm halfen sie auch nicht richtig und zerrissen umgehend, deshalb ließ er das mit den Schirmen bald ganz. Dann dachte er einige Zeit nach und wich nach Kalifornien aus, wo die Leute ihm seinen Sunblocker (auch Englisch) förmlich aus den Händen rissen. So wurde er steinreich, heiratete und übergab später dann die Firma an seine Söhne: „Sun and Sons", ein Weltmarktführer.

Jetzt aber war Monsieur Bonnemaison gerade noch im alten Europa, im ehrwürdigen Frankreich und versuchte, sein Elternhaus zu versilbern – so gut es ging, denn die Wahrheit ist: Der alte Kasten war keinen Pfifferling wert, geschenkt zu teuer wie die Leute sagen. Egal, dem alten Mann kam es gerade recht. Ein Dach über dem Kopf für wenig Geld, der Garten groß genug für jede Menge Gemüse, einige alte Obstbäume, darunter der Maulbeerbaum mit dem Faulbären, der aber völlig harmlos sei und nach Auskunft des Vorbesitzers auch auf keinen Fall stören würde, da er eigentlich die meiste Zeit schlafe.

Auf die vorsichtige Frage, ob der Bursche, sei er einmal richtig wach, auch beißen könne, beruhigte der zukünftige Neubürger der Vereinigten Staaten den Alten: Das Felltier sei von sanfter Gemütsart und hege eine natürliche Abscheu gegen jede Form von Lärm, Hektik und Gewalttätigkeit. Um ehrlich zu sein, könne er noch nicht einmal sagen, ob der Bär überhaupt noch Zähne habe, da er diese noch nie zu Gesicht bekommen habe und auch über das genaue Alter des Tieres keine Kenntnis habe.

Gesagt, getan, der Handel ging über die Bühne, der ehemalige Hausbesitzer nahm seinen Reisekoffer in die Hand, steckte sich seinen Musterregenschirm unter den Arm, lüpfte noch einmal kurz den Hut und eilte mit großen Schritten Richtung Calais. Von dort aus gedachte er sich nämlich einzuschiffen, erst rüber nach England und dann weiter von Portsmouth – oder war es Plymouth? – nach New York.

New York – wie das klingt! Eine Verheißung und ein großes Wunder. Eine Stadt so riesig, wie es sich hier keiner vorzustellen vermag, mit Häusern so hoch, dass sie den Himmel berührten. Unglaublich! Himmelszerkratzer wurden sie dort genannt, aber vielleicht übertrieben die Leute auch oder waren kurzsichtig. Wer weiß das schon? Ein bisschen übertrieben erscheint mir das schon. Wer soll denn in so hohen Häusern wohnen?

Auf jeden Fall nur für schwindelfreie und sportliche Zeitgenossen, man denke an die unzähligen Treppen, die tagein tagaus erklommen werden

müssen und hast du etwas vergessen, die Butter, die Milch, dann kannst du wegen so einer Kleinigkeit gleich wieder einen Treppen-aufundabsteigemarathon hinlegen. Na, wem's gefällt!

Sportlich sollen sie schon sein, die Ameri-kaner, ich glaube, das ist bei denen sogar Hauptfach in der Schule. Mathe und Latein sechs, egal, Hauptsache tipptopp im Laufen und American Football. Für unseren nun Nicht-mehrhausbesitzer und baldigen Neubürger Amerikas gab es jedenfalls nur ein Ziel: Die Neue Welt mit ihren ungeahnten Möglichkeiten, Kaugummi, Doughnuts und jede Menge schnel-le Autos und Indianer, die man in sogenannten Reservaten sonntags besichtigen konnte.

Das neunte Kapitel, in dem der Alte mit seinem Ziegenkarren vorfährt und Saskio das Licht der Welt erblickt.

Der alte Mann zog es vor, in Frankreich zu bleiben, wo die Städte und Dörfer alt und überschaubar waren, ein Tag mindestens vierundzwanzig Stunden hatte und die Stimmen der Welt noch nicht im Maschinen- und Motorengeknatter untergingen. Nachdem der Weltreisende sich also entfernt hatte, winkte der Alte seiner weißen Ziege und schnalzte kurz mit der Zunge. Der Ziege und sein geheimes Übereinkommen, damit diese sich in Bewegung setzen sollte, den hochrädrigen Karren hinter sich herziehend, vor den sie gespannt war. Man wundere sich nicht über ihre Stärke, Ziegen sind stark! Deshalb trug sie auch den schönen Namen Hercules, obwohl sie weiblichen Geschlechts war. Damit es in dieser Richtung nicht zu Verwechslungen kam, hatte sie noch einen Zweitnamen, Amalthea, der aber kaum benutzt wurde.

Sie zuckelte also heran, den mit allerhand Hausrat hochgetürmt wankenden Wagen im Schlepptau. Zwischen den Hörnern der Ziege krächzte der Nacktpapagei aufgeregt vor sich hin und versuchte, Haltung zu bewahren, da er sich des besonderen Momentes bewusst war. Der bis dahin sich auf ewiger Wanderschaft durch die Weltgeschichte befindliche Alte hatte offensichtlich vor, sesshaft zu werden!

„Do geht mir doch der Schabbesdeckel hoch!

Min Mischpoke will sesshaft wern. Un das af min alt Tag!", frohlockte der Nacktpapgei, den die Aussicht auf ein festes Domizil und ruhigere Tage die Gedanken aufhellte.

Hercules hielt vor dem Alten und blähte konzentriert ihre beweglichen Nüstern, um die seltenen Gewächse, die rund um das Haus wuchsen und eventuell auch darinnen, auf ihre mögliche Verdaulichkeit hin zu überprüfen. Der Papagei, der wegen seiner spärlichen Befiederung nicht fliegen konnte, hangelte sich an der Ziege herab und machte sich schnurstracks zu Fuß auf den Weg zum Haus. Neugierde gehörte zu seinen hervorstechendsten Eigenschaften. Da schlug eine schmale Hand aus dem Inneren des Wagens kommend die Persenning beiseite, die den Hausrat und andere kostbare Fracht schützen sollte, und zwei nackte Beine schoben sich nach draußen, gefolgt von einem ungeheuren Bauch, Brust, Schultern, zwei Armen und einem Kopf. Kurz: Eine komplette junge Frau kam zum Vorschein, die offensichtlich schwanger war und deren Niederkunft, dem Umfang des riesigen Bauches nach zu urteilen, auch nicht mehr lange auf sich warten lassen konnte.

„Großpapa, ist das unser neues Heim?"

„Hmm. Gefällt es dir?"

Eine Antwort war nicht mehr zu hören, da sie – etwas schwerfällig – schon das Innere der neuen Heimstatt begutachtete. Der Papagei folgte ihr auf dem Fuße.

„Es ist sehr schön", rief sie heraus. „Ein großes Bett hat es auch, das nehme ich, in der

Küche steht ein Sofa, das kannst du nehmen. Einverstanden?"

„Ja, ja, schon recht", gab der Alte zurück und machte sich daran, den Hausrat vom Karren zu hieven und nach drinnen zu bringen.

Am Abend loderte schon ein Feuerchen im eisernen Küchenofen und der Wasserkessel zischte. Die junge Frau und der alte Herr saßen sich bei Kerzenschein (das Haus war zu diesem Zeitpunkt noch nicht elektrifiziert) gegenüber und hingen ihren Gedanken nach.

„Wie soll er heißen?"

„Woher weißt du, dass es ein er wird?"

„Aber selbstverständlich wird es ein er. Was denkst du, warum es ER-stgeborener heißt? Außerdem sind jetzt nach der Wahrscheinlichkeitsrechnung wieder die Jungs dran", setzte sie hinzu. „Immer abwechselnd halt. In meiner Generation hatte unsere Familie nur Mädchen, eins, nämlich mich, jetzt kommen wieder Jungs."

„Sollen wir ihn Uno nennen. Der Einzige?"

„Meinst du? - Klingt nicht schlecht. Vielleicht ein bisschen einsam. Wir werden sehen, vielleicht wird es ja doch ein Mädchen."

Damit verebbte das Gespräch wieder. Nach einigen traumverlorenen Gedanken: „Ob er wohl wiederkommt?"

„Schlag dir das aus dem Kopf, Kind. Ein Schwerenöter und Vielversprecher."

„Aber schöne blaue Augen hatte er."

„Ja, das stimmt." Sie tranken noch ihren Tee aus und gingen dann zu Bett.

Wenige Tage später erscholl Säuglingsgeschrei

aus dem Haus, nach einer Nacht mit Donner und Gloria, erblickte mit den ersten Sonntagssonnenstrahlen Saskio blinzelnd das Licht der Welt. Die Hebamme hatte das Haus nicht gefunden, so musste die Mutter allein zurechtkommen. Nicht ganz allein. Die Ziege wich ihr nicht von der Seite und leckte ihr ab und zu mal über das schweißnasse Gesicht. Der alte Mann war in dieser Nacht ausnahmsweise nicht zuhause, weil er noch in die weiter entfernt liegende Kreisstadt gegangen war zum Grundbuchamt, um das Haus auf den Namen seiner Enkeltochter eintragen zu lassen. Und wie das halt so ist mit Ämtern. Es dauerte und er musste dort in der Stadt über Nacht bleiben und noch den ganzen Sonntag abwarten, weil die Behörden ja bekanntermaßen sonntags niemals arbeiten, bis endlich Montagmorgen Punkt acht, die Amtshandlung vollzogen werden konnte. So gesehen schon schnell.

Als er dann am Montagmittag die Gartenpforte öffnete, schallte ihm schon das kräftige Geschrei seines Urenkels entgegen – er hörte gleich, dass es ein Junge war.

„Da hat sie also doch Recht gehabt", murmelte er in seinen Bart und betrat das Haus. Donella, so hieß die junge Frau, kam ihm mit dem Säugling auf dem Arm entgegen. Der Alte nahm ihn und küsste ihn auf die Stirn.

„So ein hübsches Kind."

„Ja, das ist er und diese blauen Augen!"

Mangels eines funktionstüchtigen Kinderzimmers schlief der Kleine bei seiner Mutter in dem großen Bett, was gemütlich und praktisch war. Später, als Donella ihn nicht mehr stillte, griff der kleine Saskio beherzt an die Zitzen der nach wie vor im Schlafzimmer lebenden Ziege (noch etwas später wurde sie in der Küche einquartiert, weil sie von dort aus leichter in den Garten laufen konnte) und spritze sich eine Portion Ziegenmilch in den kleinen Mund. Praktisch war er von Anfang an. Und Hercules hatte ihn auch irgendwie adoptiert, wahrscheinlich wegen ihrer hautnahen Teilhabe an seiner Geburt. So etwas verbindet und verpflichtet.

Das zehnte Kapitel, das von den Anfängen Saskios berichtet und der Bestätigung der Newtonschen Gesetze.

Wie Saskio alias Sasa zu seinem Namen gekommen ist, wurde schon erzählt. Er entwickelte sich prächtig, wenn er auch in seinem ersten Jahr seine Mutter an den Rand des Wahnsinns und der Narkolepsie (eine seltene Schlafkrankheit, die anfallsweise über die befallenen Menschen hereinbricht und sie von jetzt auf gleich in einen schier unerweckbaren Schlaf stürzt, der aber glücklicherweise immer nur einige Sekunden bis Minuten anhält) brachte. Zwar konnte er bis zu seinem zweiten Lebensjahr nicht laufen (oder wollte nicht) und zeigte auch bis dahin kein einziges Zähnchen. Das hielt ihn jedoch nicht davon ab, in einer affenrekordverdächtigen Geschwindigkeit sämtliche Schränke, Stellagen und Fenstersimse zu erklimmen, um aus dieser luftigen Höhe eine bessere Übersicht über die Lage der Welt zu bekommen und mit den dort sich eventuell noch in Sicherheit wähnenden Gegenständen die Gesetze der Schwerkraft neu und immer wieder zu bestätigen.

Seine Mutter war dazu übergegangen einen Bauhelm im Haus zu tragen, um etwaigen Kopfverletzungen zu entgehen, ansonsten aber ertrug sie dieses Bombardement an vergessenen Schachteln, stockfleckigen Briefen und staubigem Geschirr klaglos und hob alles wieder auf. Sie war der festen Überzeugung, dass man

Kinder in ihrem Bewegungs- und Entdecker-
drang größtmögliche Freiheit gewähren sollte.

Nur einmal schritt sie ein, als nämlich Saskio
– in einem Anfall von kindlichem Größenwahn –
meinte, die Spannweite seiner Arme und ein
machtvolles „Werde schmaler!" an den nahegelegenen Bach gerichtet, würde reichen, um sich
von einem Ufer an das gegenüberliegende zu
hangeln. Es funktionierte auf keinen Fall. Entweder war der Bach taub oder verstand kein
Französisch oder die Arme waren möglicherweise doch zu kurz. Jedenfalls hing der Akrobat
laut schreiend an der Uferböschung, das to-
sende Wasser unter ihm (schwimmen konnte er
zu diesem Zeitpunkt leider noch nicht) und
überlegte, wie er sich aus dieser misslichen
Lage befreien könnte. Seine Mutter hörte sein
empörtes Klagen und zog ihn hinauf. Nun, das
sind so Erfahrungen, die viele im Laufe ihres
Lebens machen, einige sollen aber bedauer-
licherweise bei solchen Experimenten auch er-
trunken sein.

Ansonsten verlief seine Kindheit problemlos.
Gut, zur Schule wollte er nicht gehen (Kinder-
gärten gab es zu dieser Zeit nur ausnahmsweise
in den größeren Städten mit all dem Arbeiter-
elend) und er ging auch nicht. Lesen, Schreiben
und die Anfänge des Italienischen brachte ihm
seine Mutter bei, Rechnen der Alte und was er
sonst noch so brauchte, eignete er sich selbst
an. Er hatte eine gute Auffassungsgabe und war
sehr schnell in allem (vom Zähnekriegen und
Laufenwollen mal abgesehen). Und damals war
es noch so, dass keiner nachfragte. Familie war

Privatsache. Der Lehrer in der Schule war froh, nicht noch einen Dreikäsehoch in der Bank vor sich sitzen zu haben und sagte deshalb nichts, die Schulbehörde war weit weg und das Fürsorgeamt auch. So war keiner gestört und jeder lebte sein Leben nach seiner eigenen Façon.

Das elfte Kapitel, worin der Faulbär einen Entschluss fasst und die Einreisebehörde der Vereinigten Staaten sich unnachgiebig zeigt.

Um noch einmal auf den Meister Petz unter dem Maulbeerbaum zu sprechen zu kommen. Der Faulbär war ein Braunbär. Einer von jenen beklagenswerten Exemplaren, die man früher auf Jahrmärkten als Tanzbären bewundern oder bedauern durfte, je nach Härtegrad des eigenen Herzens. Eines schönen Tages hatte der Bär die Nase voll von dem ewigen Herumgehampel und dem angeberischen Getue des Dompteurs, versetzte diesem mit einem wuchtigen Prankenschlag eins auf dessen Nase – es kann sein, dass sich dieser und die Nase nie wieder davon erholte, aber das wusste der Bär nicht und ehrlich gesagt, hätte es ihn auch nur etwas bekümmert, hatte ihn doch der Dompteur zu lange und zu schmerzhaft buchstäblich an der Nase herumgeführt, und so verdrückte er sich schleunigst ins Unterholz.

Ein eilends zusammengetrommelter Suchtrupp bewaffnet mit Dreschflegeln, Schrotgewehren, Netzen (was dachten sie sich eigentlich, war er ein Fisch?) und Kuhglocken (lächerlich), um den Bären zu erschrecken, kehrte nach mühevollen Stunden des Rufens und Suchens ohne Bär dafür aber leicht alkoholisiert zurück. Man war mangels des echten Bären schließlich in das Gasthaus „Zum Goldenen Bären" eingekehrt, um den jagdlichen Beinahe-Erfolg zu begießen und ausgiebig über den eigenen Mut, gar Tollkühnheit zu räsonieren, die Hasenohrigkeit der anderen aber milde zu belächeln. Damit hatte die Bürgerschaft das ihrige getan, um dem Wildtier Einhalt zu gebieten, dass sich dieses nicht mehr blicken ließ, war verwunderlich, aber was sollte man machen.

Der Wanderzirkus zog dann weiter, die Tanznummer des Bären wurde durch eine exotische Zebrakür ersetzt, der Dompteur wurde der Fürsorglichkeit eines Alten- und Siechenheims überantwortet, man vergaß den Bären. Bis auf den Besitzer eines kleinen, wackeligen Hauses am Stadtrand, der eines Morgens, er wollte nur eben mal nach dem Stand der Tomaten neben dem Maulbeerbaum in seinem Garten sehen, einen gewaltigen Meister Petz – eben unseren Bären – schlafend und brummelnd genau unter diesem besagten Baum fand. Er erschrak nicht wenig und der Entschluss, dieses Haus zu veräußern, um mit dem Geld nach Amerika auszuwandern, nahm noch einmal etwas mehr Kontur an. Was macht man mit einem Bären im Garten? Er hatte die Ausmaße eines Grizzlys! Was fraß so ein Tier? Fleisch? Honig? Er war überfragt und fühlte sich überfordert.

Langsam und vorsichtig bewegte er sich rückwärts Richtung Haus, den Bären nicht aus den Augen lassend. An der Küchentür angekommen, drehte er sich blitzschnell um, sprang in die Küche und donnerte die Tür hinter sich zu. In Ermangelung eines brauchbaren Schlosses, hängte er schnell noch ein Schild mit der Aufschrift „Geschlossen" vor die Tür, und da er nicht wusste, ob der Bär lesen konnte (er konnte es), schob er noch den Küchentisch vor die Tür.

Etwas atemlos und mit klopfendem Herzen schlich er sich ans Fenster und beobachtete den noch gerade eben so sichtbaren Bären. Der schlief und schlief. ‚Muss ja sehr erschöpft sein´, dachte der Mann. ‚Was soll ich mit einem Bären anfangen? In Amerika einen Bärenzirkus eröffnen? Ob das geht?´. In der ersten Nacht und auch noch am folgenden Tag traute sich Monsieur Bonnemaison nicht aus dem Haus. Vorsichtshalber hatte er für den Bären ein Kotelett und einen Topf Honig außen auf die Fensterbank gestellt, man konnte ja nicht wissen, wann er aufwachte und dann vielleicht einen unstillbaren Hunger, einen Bärenhunger verspürte. Er wachte aber nicht auf, sodass der Mann schließlich das Kotelett selber aufaß, bevor es noch verdarb.

In den nächsten Tagen fragte der Mann bei den Einreisebehörden der Vereinigten Staaten nach. Aber immer hieß es entweder „Ob er ihnen wohl einen Bären aufbinden wolle?!", oder „Sorry!" Sie hätten selber Bären im Überfluss, außerdem sähen die Quarantänebestimmungen die Einreise mutmaßlich europäischer Bären nicht vor.

Der Mann konnte nicht, also gar nicht, nachweisen, wer die Eltern, geschweige denn die Großeltern des Bären waren. Ohne diesen Stammbaum gab es aber auch keine Personalpapiere und man konnte ja auch einem Bären nicht zumuten, etwa illegal in den USA zu leben. Damit war also – wenigstens vorläufig –

entschieden, dass der Bär seine Verwandten in Übersee nicht besuchen durfte und der Mann allein seine Reise in die Staaten antreten musste.

Den Bären schlug er dann kurzerhand den beweglichen Teilen der Immobilie zu, und wie wir wissen, war es dem alten Herrn ja auch recht. Ein schlafender Bär unter einem Maulbeerbaum im Garten störte nicht. Später sollte sich zeigen, dass der Bär wirklich ein rechter Faulbär war und übrigens – wenn man ihn in Ruhe ließ – auch sehr friedfertig. Die Essensfrage war nicht kompliziert. Der Bär war Vegetarier und ernährte sich von den Früchten und Gemüsen des Gartens, eine besondere Vorliebe hegte er für den Komposthaufen und fraß mit höchstem Wohlbehagen die schon leicht vergorenen Küchenabfälle. Ab und zu geriet ihm dabei auch eine Ameise oder ein Engerling zwischen die Fänge, dann schnalzte er mit der Zunge und blinzelte vergnügt.

Im Winter, wenn kaum etwas wuchs, hielt er seinen Winterschlaf, eingewickelt in eine alte Pferdedecke, die er im Schuppen gefunden hatte. Jedes Frühjahr, wenn er erwacht war, schleppte er diese zum nahegelegenen Bach und unterzog sie einer gründlichen Wäsche und Reinigung. Dann hatte die Decke ein dreiviertel Jahr Zeit zu trocknen und auszulüften, um sich im November wieder schützend über den Bären zu legen. An seine Vergangenheit als Tanzbär wollte der Bär nicht mehr erinnert werden, lediglich der goldene Nasenring erinnerte noch an jene mühevolle Zeit. So weit, so gut.

Das zwölfte Kapitel, in dem alles Gute von oben kommt, der Faulbär der Liebe seines Lebens begegnet und der Handel mit Heilhumus ungeahnte Früchte trägt.

Die Jahre gingen ins Land, Sasa wuchs und die Familie auch. Eines Tages – es war ein Samstag im Juli – heiß und sonnig. Am Himmel konnte man, wenn man sich die Mühe machte nach oben zu blicken, viele bunte Heißluftballone entdecken, die eine Wettfahrt veranstalteten. Von Paris bis nach Südfrankreich sollte die Reise gehen, und dem Gewinner winkte am Ziel nicht nur der Ruhm und das Blitzlichtgewitter der internationalen Presse, sondern auch der Hosenbandorden I. Klasse, eine besondere Auszeichnung der Republik! Der Präsident persönlich sollte ihn überreichen! Leider war es ziemlich windstill an diesem Tage und die Ballonfahrer hatten Mühe, an Höhe zu gewinnen. Da jeder von ihnen erster sein wollte – Ballonfahrer sind bekannt für ihren Ehrgeiz – begannen sie Ballast abzuwerfen. Dabei musste es geschehen sein. Einer von ihnen warf statt des Sandsackes, ein ähnliches Bündel über Bord. Auch klein, schwer und handlich! Es handelte sich um eine tragische Verwechslung.

Das Bündel brach in rasanter Fahrt durch das Geäst des Maulbeerbaumes und landete mit einem Plumps auf dem ausladenden Bauch des Bären, der sich noch eine Sekunde vorher tief schlafend vom Bauch auf den Rücken gewälzt hatte und nun seine beachtliche Leibesfülle gen

Himmel reckte. Das Bündel landete weich, der Bär wachte auf.

„Potztausend! Was weckt mich zu solch nachtschlafender Zeit?" Nebenbei bemerkt, es war gerade Mittag, wenn man der Turmuhr Glauben schenken durfte.

„Es liegt etwas auf meinem Bauch." Kaum hatte er das gesagt, kam ein Wimmern aus dem Päckchen.

„Himmel! Was ist das?"

Die ganz in der Nähe grasende Ziege kam, von der ungewohnten Unruhe des Bären alarmiert, näher und beäugte die Szene. Vorsichtig stupste sie an das Paket. Das Wimmern wurde lauter, ja, wuchs sich zu einem Weinen aus. Das Weinen eines Babys.

„Mein Gott! Ein Kind. Wo kommt das her?" Der Bär guckte skeptisch durch ein Loch in der Krone des Maulbeerbaumes in das Himmelsblau.

„Von oben", war seine lapidare Antwort.

„Nun mach schon auf. Das Kleine kann ja nicht ewig in seiner Verpackung bleiben!"

Etwas beklommen war dem Bären zumute, als er ganz vorsichtig versuchte, das Kind von seiner Stoffhülle zu befreien. Nach einigem Geziehe und Gezerre löste sich die Tuchbahn von dem Kind und ein rosiger Säugling lag nackt auf dem pelzigen Bauch des Bären.

Das Kind schaute dem Bären tief und fest in die Augen, der Bär schaute wie hypnotisiert zurück. Es war um ihn geschehen, und auch das Kind – ein kleiner Junge – hatte in diesem Augenblick beschlossen, dem Bären niemals mehr von der Seite zu weichen.

„Jetzt schaut nicht so belämmert. Der Kleine braucht etwas zu essen und zu trinken."

Der Faulbär rappelte sich auf, das Kind vorsichtig auf seinen Vordertatzen balancierend, und folgte Hercules in die Küche.

Drinnen waren der Großundurgroßvater und Donella gerade damit beschäftigt, matschige Gartenerde aus einem großen Bottich in Konservendosen zu füllen und für den Versand fertig zu machen. Ihr Heil- und Fangohumus wurden bis nach St. Petersburg verkauft und immer wieder erhielten sie von ihren Kunden Dankespostkarten aus aller Herren Länder! Der gesundheitliche Nutzen dieses vollbiologischen und unverdorbenen Produktes reichte von der Linderung bei Blähungen bis zur Schrumpfung scheußlicher Kröpfe. Auch Kopfläuse suchten zuverlässig das Weite, so man infizierte Kopfhäute mit dem Heilhumus einrieb. Und alles ohne Nebenwirkungen, von gelegentlichen Auswüchsen aus Nasen-und Ohrenlöchern einmal abgesehen, wenn doch der eine oder andere Gartensamen, der sich heimlich – trotz sorgfältigster Filterung – in der Erde verborgen hatte, in der Körperwärme und -feuchte des Patienten aufging. So konnte es passieren, dass dem einen goldgelbe Sonnenblumen zu den Ohren herauswuchsen, was zwar ungewöhnlich, aber sehr hübsch anzusehen war, oder sich aus den Nasenlöchern Kürbisranken wanden, was dem Träger zur Blütezeit mit einem filigranen Blütenkranz schmückte, zur Erntezeit allerdings mit wuchtigen rot-orangenen Kürbissen beschwerte. Hier empfahl sich eine frühzeitige Ernte bei einem Gewicht um ein oder zwei Pfund, je nach Stabilität des Trägers.

Einmal war es vorgekommen, dass sich ein Kirschkern in die Heilpackung verirrt hatte und dem Patienten nach geraumer Zeit ein wunderschöner Kirschbaum aus dem Bauchnabel wuchs. Herrlich! Der Patient hatte nicht nur im Frühling eine zartschimmernde, schneeweiße Blüte über seinem Haupt und war von einem schwebeleichten Duft umgeben (nicht das teuerste Parfum der Welt konnte das nachahmen), im Sommer musste er nie wieder unter Sonnenbrand und Hitze leiden, da ein grüner Schatten ihn auf Schritt und Tritt begleitete, er konnte sich auch direkt an den wohlschmeckenden Kirschen laben, sie wuchsen ihm geradewegs in den Mund. Für Musik und Unterhaltung war auch gesorgt, da viele Vögel in dem Baum nisteten, auf ein kurzes Getschilp vorbeikamen oder ihr Lied sangen. Der einzige Nachteil, das gilt es zuzugeben, bestand in der Neigung des Kirschbaumes einzuwurzeln, sobald sein Träger auch nur länger als fünf Minuten an einem Orte stillstand. Aber dieses Problemchen war schnell gelöst, der Patient blieb in Bewegung, was ja bekanntlich ohnehin der Gesundheit zuträglich ist. Musste er dennoch einmal stille stehen, tat eine stets mitgeführte Heckenschere gute Dienste, allzu kecke Wurzeltriebe wurden schnell gekürzt. Soweit diese, weiß Gott, segensreiche Medizin von Donella und dem alten Herrn.

In dieses pharmazeutische Unternehmen stolperte jetzt der Bär, die Ziege hinterdrein.

„Was gibt's?", fragte der Alte und Donella blickte von der Arbeit auf und wischte sich die erdverschmierten Hände an ihrer Schürze ab. Der Bär räusperte sich und streckte die Vordertatzen aus:

„Ein Kind!" „Mein Gott!", schrie Donella und „Wo habt ihr es gestohlen?", fragte der Alte.

„Gar nichts haben wir gestohlen", entgegnete beleidigt die Ziege,

„Es ist vom Himmel gefallen", ergänzte der Bär.

„Jetzt haben wir den Salat. Wohin mit dem Kind?"

„Wir müssen es behalten. Was sind denn das für Eltern? Wer verschickt sein Kind schon per Luftpost. Unmöglich. Der arme Kleine." Donella war sehr begeistert von der Idee, wieder ein Baby in ihrem Haus zu haben, eine Rückgabe an die rechtmäßigen Eltern, diese Rabeneltern, ausgeschlossen. Man wusste ja sowieso nicht, wer sie waren.

Also war völlig eindeutig, dass der Kleine bei ihnen bleiben musste. Insgeheim pflichtete der Bär ihr bei und war erleichtert, als der Alte keine weiteren Einwände mehr machte. Schnell wurde die restliche Erde aus dem Zuber geschüttet und dem Kind ein behagliches Bett darin eingerichtet. Die Ziege ließ sich selbstverständlich um eine Extraportion Milch erleichtern und eine alte Nuckelflasche fand sich auch noch aus Sasas Zeiten. Nachdem sie das Kind gefüttert und in die Tischdecke gewickelt hatten, standen sie ehrfürchtig um die Wanne herum und bewunderten das kleine Geschöpf.

Satt und zufrieden schlummerte der Kleine selig in seinem Behelfsbett, die aufregende Flugreise wird ihn doch etwas erschöpft haben.

Schlafen konnte er wirklich tief und ausdauernd, geradezu unerweckbar, eine Eigenschaft, die ihn zusätzlich mit dem Bären verband. Beide waren Weltmeister im Spontan- und Tiefschlaf, in jeder Lebenslage, immer und überall. Vom ersten Moment an war klar: Die beiden

waren Seelenverwandte und sich tief zugetan.

„Wie soll das Jingele denn heißen?", schnarrte der Nacktpapagei, nachdem er den kleinen Jungen vorsichtig von seiner Stange aus beäugt hatte.

„Schreihals", giftete der Ochsenfrosch aus seiner Ecke.

„Schsch", beschwichtigte Donella, „ich finde, Stutz ist ein schöner Name, weil er eben so verdutzt...\"

„Sie meint, verdattert, außerdem müsste er dann Dutz heißen. Was soll das denn für ein Name sein?", zischte der Frosch in sich hinein.

„.. geguckt hat. Als ob ihn die Welt stutzig machen würde", vollendete Donella ihren Satz.

„Ja, das ist ein schöner, passender Name für ihn. Nennen wir ihn Stutz!\"

Alle – mit Ausnahme des Ochsenfrosches, der sich dazu nicht mehr äußerte – waren einverstanden.

Der herbeigekommene Nacktpapagei legte seinen Kopf etwas schief und betrachtete das kleine Geschöpf nun eingehender und meinte:

„Nu, a Jingele, das frejt mich. Dem bring ich später, wenn er mol laufen kann, das Schachspiel bei. Dann hab´ ich eine Gesellschaft." Den zukünftigen Schachspieler focht das alles nicht weiter an, er schlief selig in seiner Wanne und seufzte ab und zu im Traum. Jetzt hatte die Familie also zwei Söhne und man hätte meinen können, die Sippe sei nun komplett. Aber weit gefehlt, es kam anders. Ungefähr fünf Jahre nach dem Ereignis mit den Ballonfahrern muss es gewesen sein.

Das dreizehnte Kapitel spielt in einem nicht enden wollenden Sommer und im fernen Amerika schreiben zwei Eltern einen verzweifelten Brief.

Es war im Sommer. Ein großer, klarer Himmel wölbte sich über das Land, die Kornfelder leuchteten gelb. Die Lerchen jubelten im Himmelsblau, die Schwalben flitzten als Luftakrobaten durchs Dorf. In den Gärten reiften das Obst und das Gemüse. Es war warm und alle fühlten sich, als ob diese Fülle an Licht niemals aufzubrauchen sei. Einfach herrlich! Abends saßen die Leute noch lange für ein gemeinsames Schwätzchen vor ihren Türen, in den Gärten oder auf dem Marktplatz.

Hier traf sich zu einem besonderen Aufmarsch allabendlich die Jugend, um sich gegenseitig in Augenschein zu nehmen. Die am Rande auf ihren klapprigen Stühlen sitzenden Alten beobachteten sie dabei still lächelnd bei einem nicht enden wollenden Getränk. Niemand dachte in diesen Stunden an das Morgen, der Augenblick war jetzt!

An einem dieser schönen Tage entschlossen sich im fernen Amerika zwei verzweifelte Eltern auf Anraten der dortigen Ärzteschaft – und es waren auch Kapazitäten hinzugezogen worden – ihr einziges Kind einem Klimawechsel auszusetzen. Der Zustand seiner Gesundheit war etwas wackelig und insbesondere ließ sein Wachstum doch sehr zu wünschen übrig. Er passte nach wie vor in eine Hutschachtel! Und so etwas ging im großen Amerika auf Dauer nicht. Was lag näher, als an das schöne, wenn auch verteufelt weit entfernte Frankreich zu denken?

Der Postbote kam und auch noch an einem Sonntag! Ungewöhnlich genug! Schnaufend und prustend schob er seine schwarze Dienstsolex die Anhöhe hinauf (das Mofa war etwas untermotorisiert). Hinten auf seinem Anhänger befand sich ein großes Frachtpaket. Umständlich hievte er es hinaus und balancierte es vor seinem dicken Bauch. Mit großer Geste präsentierte er es Donella.

„Ich habe eine Eilsendung an euch! Ein größeres Paket. Luftpost! Aus America!"

Er sprach „Amerika" amerikanisch aus, weil er sich wichtig machen wollte und auch Donella ein bisschen mit seinen Sprachkenntnissen beeindrucken wollte. Er war nämlich verliebt in sie, traute sich aber nicht, es ihr zu sagen.

„Handle with care!" stand auf dem Paket und „Fragile". Donella, der alte Mann, Saskio und das Samstagskind Stutz standen um das ziemlich umfangreiche Paket herum und wussten nicht, was sie damit anfangen sollten.

„Lies mal den Absender vor", sagte der Großvater an Sasa gewendet. Der las:

„Mr. and Mrs. Bonnemaison, Mainstreet 7, Sacramento, United States of America".

„Nicht zu glauben", murmelte der Großvater, „da hat der Kerl doch wirklich noch in Amerika geheiratet. Hätte ich ihm nicht zugetraut."

Außen an der Kiste war ein Frachtschreiben angebracht. Donella hatte es entdeckt und löste es aus seinem Etui. Sie las vor:

Sehr verehrter, lieber Herr Fratelli,

Sie erinnern sich vielleicht nicht mehr an mich!

Seinerzeit habe ich Ihnen mein Elternhaus verkauft

und bin dann nach Amerika ausgewandert. Wie Sie

sich aber vielleicht schon erinnern, habe ich Ihnen

das Haus quasi geschenkt. Keine Angst, ich möchte

nicht mehr Geld von Ihnen. Alles hatte seine

Richtigkeit und ich habe hier in Amerika nicht nur

pekuniär mein Glück gemacht. So weit, so gut.

Jetzt habe ich aber doch eine klitzekleine Bitte an

Sie. Meiner verehrten Gattin und mir ist ein Sohn

geboren worden, er hört auf den Namen Fitzge-

rald, der allerdings das Klima hier in Amerika

schlecht verträgt und deshalb nicht so recht ge-

deihen will. Wir möchten Sie daher inständig

bitten, den Kleinen als Pflegekind bei sich aufzu-

nehmen, in der Hoffnung, dass die würzige Luft,

das milde Klima und das gesunde Essen in Frankreich ihm zuträglich sein wird und er besser wachsen kann. Er ist für sein Alter wirklich sehr klein und die Ärzte haben dringend einen Klimawechsel empfohlen. Geld spielt in unserem Fall keine Rolle und wir kommen selbstverständlich für alle Kosten auf. Würden Sie ihm und uns diese Liebe tun?

Wir haben Ihnen zur Ansicht das Kind gleich mitgeschickt. Bitte nehmen Sie von einer baldigen Rücksendung Abstand, da wir befürchten, dass ihn eine neuerliche lange Reise nach Übersee weiter schwächen wird.

Hochachtungsvoll verbleiben wir!

Mr. and Mrs. Bonnemaison

Sacramento, Vereinigte Staaten von America 31. February anno domini

P.S. Bitte lassen Sie mich Ihre Bankverbindung wissen, wenn Sie keine haben, senden wir Ihnen das

Pflegegeld gerne postalisch zu!

P.P.S. Der Kleine liebt alles, was mit Luft und Wind zu tun hat. Deshalb haben wir ihn auch mit Luftpost geschickt; auch damit es schneller geht.

P.P.P.S. Das Kind darf auf keinen Fall Kaugummi bekommen, da er nur allzu gern Blasen damit fabriziert und dann in Gefahr geriete, vom Wind davon getragen zu werden.

„Noch ein Kind", sagte die Ziege, die sich angeschlichen hatte.

„Noch ein Sohn", lächelte Donella.

Das Sonntags- und das Samstagskind drängten den Alten zur Eile.

„Mach schon auf, wir wollen wissen, wie klein er ist."

Mit spitzen Fingern nestelte Donella die Paketschnur auf und öffnete sehr behutsam die Schachtel. Sie klappte den Deckel zur Seite und fünf Köpfe, einer davon hatte zwei Hörner, beugten sich zu dem Paket hinab.

Welch ein Anblick! Inwendig war das Paket ausgestattet wie ein kleines Zimmer. Mit Bett, Tisch und Stuhl, einer gestreiften Blümchentapete und sogar einem Bild an der Wand, einer Zeichnung der Freiheitsstatue. Eigenhändig vom amerikanischen Präsidenten gemalt und signiert. Auf dem Stuhl saß ein kleiner Bub in Hemd und kurzen Hosen und kaute mit vollen Backen an einem Apfel. Und er war wirklich sehr klein! Er blickte zu ihnen auf und winkte ihnen mit seiner freien Hand zu. Als sie ihn vorsichtig aus seiner Kiste gehoben hatten, war er nicht größer als ein Laib Brot. Aber von seiner Beweglichkeit her und seinem Wortschatz nach musste er mindestens schon fünf Jahre alt sein.

Er sprach ein etwas lustiges Französisch mit amerikanischen Wörtern dazwischen und war sehr behände auf den Beinen.

„Guten Tag, tous ensemble alle! Ich freue mich, avec to you zu sein und auf lange Ferien in votre beautiful landscape. Mon pere hat mir erzählt viel about you." Er verbeugte sich und reichte dann allen feierlich seine klitzekleine

Hand. „Zweikäsehoch", staunte der Alte. ‚Klein, aber oho!', dachte Donella.

Das Sonntags- und das Samstagskind nahmen den Winzling in ihre Mitte und trugen ihn abwechselnd durchs Haus und den Garten.

„Wir behalten ihn natürlich", sagte Donella.

„Ja, ja, natürlich. Wir müssen ihn allerdings wirklich etwas aufpäppeln. Er ist sehr klein." Sorgenvoll rieb sich der Alte über seine Halbglatze.

„Schlafen kann er in dem großen Bett, das ist kein Problem, wir müssen nur aufpassen, dass wir ihn nachts nicht aus Versehen platt drücken", ließ sich Saskio vernehmen.

„Wie lange sollen die *langen* Ferien denn sein, wenn ich fragen darf?", tönte es misslaunig vom Ochsenfrosch aus der Ecke. Der befürchtete nämlich mit dem Zuzug eines weiteren Menschenkindes vollends in seiner Ecke vergessen zu werden. Schon schlimm genug, dass er die Küche mit der Ziege teilen musste.

„Mal sehen", sagte Donella leichthin, „vielleicht möchte er ja ganz bei uns bleiben."

„Das habe ich befürchtet", grunzte der Frosch in sich hinein und wandte sich wieder seiner Ecke zu.

Das vierzehnte Kapitel, worin man fast eine Such- und Findeagentur eröffnet hätte und erst Saskio, dann Susu zum Meisterkoch wird.

Der Abstand in Jahren zwischen Saskio und Susu war nicht ganz klein, zehn Jahre trennten sie, wie schon gesagt, dennoch verstanden sie sich auf Anhieb und das blieb auch so. Am Anfang hatten sie noch nicht so viele Worte füreinander, später brauchten sie keine mehr. Saskio vertrieb dem Kleinen stundenlang die Zeit, indem er ihm alles Mögliche versteckte, was Susu dann suchte und in der Regel auch fand. Mit der Zeit wurde er zu einem herausragenden Sucher und Finder. Den im Wäschezuber eingesperrten Mops fand er zwar nicht, aber er wurde später dann doch noch rechtzeitig von Saskio befreit. Saskio wurde sogar für Susu zum Koch, obwohl er selbst in der Regel von der Luft und lustigen – etwas unwahrscheinlichen – Geschichten lebte. Die Ernährung Susus und nur unzureichend Wachsenwollenden – er blieb trotz bester Pflege klein, däumlingsklein – gestaltete sich dennoch wenig kompliziert.

Die Ziege Hercules, die unter dem Küchentisch lebte und beharrlich an der aus Seetang und Gras bestehenden Sofapolsterung kaute, gab immer so viel Milch, wie Susu in seiner lustigen Mehrsprachigkeit, er mixte das Englisch seiner Mutter mit dem Französisch seines Vaters, genauestens kundtat. Später wurden dann aus dieser Milch und dem Inhalt der unzähligen Einmachgläser die interessantesten

Puddings – oder heißt es Puddinge – für Susu gekocht. Sie haben ihm immer geschmeckt. Manchmal war mal etwas Härteres im Pudding, aber das regt ja bekanntlich die Kauleistung an und Susu hatte wirklich die besten Zähne von allen! Zu seinem Namen „Susu" kam Susu erst später, noch heißt er aber Fitzgerald, wie es seinen amerikanischen Eltern gefallen hatte.

Um genau zu sein, nach Entdeckung seiner unstillbaren Suchlust, die von Saskio gleich für allerlei Kurzweil zwischen den beiden genutzt wurde! Es ist nämlich ein Unterschied, ob man etwas suchen muss, weil man zu dusselig ist, sich zu merken, wo man es hingelegt hat, oder ob man etwas suchen will, weil man es zu einer absoluten Meisterschaft in diesem und dem Findefach gebracht hat. So verhielt es sich mit Susu.

Er suchte ausdauernd und mit stiller Leidenschaft und fand noch mehr, als er suchte. Es ging ihm aber nicht allein ums Finden. Nein, wie jedem echten Meister war ihm die Auslotung des Weges das Ziel. Er konnte sein Suchen bis ins Detail verfeinern und verkomplizieren. Mit Schlüsseln unter Fußmatten gab er sich gar nicht erst ab. Lächerlich! Seine Aufmerksamkeit wurde erst erregt, wenn 1. das Verlorene für irgendjemanden von echter Bedeutung war. Also ein Verluststück. Logisch. Wer sucht schon nach Abfall (außer vielleicht sein Bruder Stutz, aber der war was Besonderes und zählte in dieser Sache anders)? 2. Das Verluststück durfte kein Preisschild, auch kein Klitzekleines, haben. Überhaupt konnte es sich nicht in Geld bemessen lassen. Damit gab sich Susu erst gar nicht ab.

Saskio bedauerte das manchmal insgeheim, hatte er sich nämlich schon überlegt, eine Such- und Findeagentur gemeinsam mit Susu aufzumachen. Susu als unfehlbarer Findefuchs, er selbst als Geschäftsführer. Sie wären unschlagbar gewesen, aber Susu brauchte er mit solchen merkantilen Überlegungen überhaupt nicht zu kommen, also ließ er es bleiben. – Die bevorzugten Findestücke waren für Susu also Lebendiges oder aber Gefühltes und Erdachtes, die beiden letzteren waren – selbst für Susu – furchtbar schwer zu finden. Aber irgendwie brachte er es immer wieder fertig. Mit einem Blitzen in den Augen schritt er dann in die Küche hinein, einen vermissten Gecko, auch dieser hatte jüngst sein Tantchen aufgrund natürlicher Entwicklungen verloren, hinten am Rücken klebend (Leicht! Man musste den Gecko nur davon überzeugen, dass er – also Susu – eine Mauer sei) oder (Schwer!) ein Trauergewölk am Bindfaden hinter sich herziehend (Schwierig, weil der Faden so schlecht an der Trauer hielt und außerdem traurig, weil alle in seiner Nähe plötzlich anfingen, sich zu schnäuzen und sich heimlich über die Augen wischten. Also, wenn man die Stimmung verderben wollte, war es ein sicheres Mittel).

Ganz schwierig war es, solche Dinge wie Sehnsucht oder Freude zu fangen. Die waren immer so flüchtig. Die eine hatte dauernd ein Ziel woanders, letztere verbreitete sich sprunghaft, sodass man kaum hinterher kam. Nur wenn er ihr versprach, sie auch umgehend – nach kürzester Präsentation in der heimischen Küche – wieder freizulassen, erbarmte sie sich und kam mit, um dann – ein Hansdampf in allen Gassen – wieder davon zu springen. Ruhe und Stetigkeit ist was anderes.

Wenn Susu nicht gerade auf der Suche war, machte er sich im Hause und Garten nützlich. Nachdem Saskio seine Karriere als Milch- und Breikoch beendet hatte, übernahm Susu das Amt als Chefkoch, kletterte auf einen Hocker, damit er bequem in den Töpfen rühren konnte, und fing an. Eine Revolution für den Speiseplan und die Mägen der anderen Hausbewohner. Natürlich konnte er so harmlose Dinge wie ein Linsengericht kochen. Überhaupt keine Kunst: Dose auf, rein in den Topf, aufwärmen. Fertig. Ein bisschen schämte er sich dafür, aber es war ein Samstagsgericht und am Samstag war manchmal, selten, Putztag und da musste es eben auch mal schnell gehen. Er konnte aber auch anders, ganz anders! OK, denkt jetzt nicht an Mopsbraten oder flambierte Ochsenfroschschenkel. Er hatte große Achtung vor allem, was atmet.

Berühmt waren seine turmhohen Eierkuchen mit wechselnder Füllung. Mal Marshmallows, mal junge Brennnesseln. Oder aber sein Soufflé von Butterblumen an Korinthenmus. Er ging ein bisschen nach den Wochentagen und wechselte hier auch nach Witterung. Suppe an Regentagen verbot sich von selbst. Man musste für Ausgleich sorgen. So gab es häufig Ziegenmilcheis im Sommer, im Herbst wegen der Winde auf keinen Fall Hülsenfrüchte, da war ja draußen schon Wind genug. Im Winter bevorzugte er dunkle Gerichte – Schwarzwurzeln, Brombeeren und so etwas, draußen war ja alles schon weiß. In dem Stil ging es weiter: Montags viel mit Mohn, dienstags strenge Kost nach Dienstmädchenart – die anderen waren dann immer auswärts eingeladen, selbst der Großundurgroßvater entschuldigte sich mit einem Blick auf seinen zu runden Bauch, mittwochs gab es mathematisches Essen, Quersummen und arithmetisches Mittel, solche Sachen eben. Donnerstag haute er so richtig auf die Pauke: Handkäs mit Musik, viel Hülsiges und Brechbohnen, na ja und so weiter. Freitags gab es nichts, klar, frei eben. Den Samstag hatten wir schon und am Sonntag gab es alles außer Nachtschattengewächse! Da war die Auswahl groß.

Vom fünfzehnten Kapitel, in dem Donella verschwindet, eine Windharfe nicht singen will und der Nacktpapagei einen guten Rat gibt.

Fitzgerald alias Susu war gerade erst angekommen, da verschwindet Donella wenige Monate nach Ankunft des wunderbaren Luftpostpaketes. Und sie war doch ganz begeistert von dem Kleinen gewesen! Alle hatten am Morgen restlos verschlafen, weil sie nicht von Donellas Backdüften und dem Mahlen der Kaffeemühle geweckt worden waren. Die drei Urenkelsöhne Saskio, Stutz und Susu lagen erstarrt in ihrem großen, breiten Eisenbett, der Alte auf dem Sofa und alle starrten angestrengt an die Decke. Irgendetwas stimmte nicht! Keiner wagte, es zu denken. Es fehlte etwas, viel, alles. Als erster traute sich Stutz aus dem Bett. Vorsichtig schlich er die Treppe herunter und in die Küche. Nichts! Nur der Großvater lag mucksmäuschenstill auf seinem Sofa, erstmals beide Augen fest zugedrückt, noch nicht einmal zu schnarchen wagte er. Nur sein etwas rasselnder Atem verriet, dass er noch lebte.

Der Backofen war kalt, keine einzige Backform mit Teig befüllt. Maßlos erstaunt ließ sich Stutz auf einen Stuhl sinken. Dann folgten Saskio und Susu alias Fitzgerald. Sie hatten sich an den Händen genommen und tappten barfüßig nach unten. Ein Blick auf den Garderobenhaken bestätigte: Auch ihr Wettermantel war weg und ihr Lieblingstuch mit den Rosen, ohne das sie niemals aus dem Haus ging, ebenso.

„Der kleine Reisekoffer ist auch weg", ließ sich der Alte vernehmen und seufzte tief. Es war also eine Tatsache. Donella war verschwunden und blieb es auch.

Vielleicht war sie verreist, ins ferne Afrika oder nach Paris. Oder ein New Yorker Zuckerbäcker hatte sie entdeckt und mit einem nicht abzulehnenden Angebot gelockt. Oder der alte Herr Mond war endlich mit seiner Mondbarke angeschwommen gekommen und hatte Donella gebeten, Platz zu nehmen. Er wolle ihr jetzt die Roten Riesen und Weißen Zwerge hinten links im Universum zeigen, schon lange hatten sie doch darüber geredet. Nur vor den schwarzen Löchern müssen sie sich in acht nehmen: Wenn sie da hineingerieten, gab es kein Wiedersehen mehr. Möglicherweise könnten sie auch hinunter segeln zum Kreuz des Südens und wollte sie nicht schon immer einmal zum Siebengestirn und dessen Bänder knüpfen oder die Fesseln des Orion lösen?! Und Donella hatte sich betören lassen, die leise dräuende Barke aus Licht und Kometenstaub bestiegen und war mit dem Mond auf Himmelsreise gegangen.

Vielleicht hatte sie aber auch der Wind gestern Nacht mitgenommen, als sie mal wieder mondsüchtig auf dem Dachfirst saß. Es hatte ziemlich heftig geblasen. Die Sache mit dem Koffer blieb allerdings rätselhaft. Der Wind gab sich mit solchen Nebensächlichkeiten wie Handgepäck in der Regel nicht ab. Entweder man kam frank und frei mit, ohne Plunder und Ballast oder man sollte es eben lassen. Hatte schon mal jemand eine Windsbraut mit Zahnbürste gesehen? – Na, bitte.

Ohne Donella war es auf einmal grabesstill im Haus. Keiner sprach auch nur ein Wort zu viel. Jeder drückte sich am anderen vorbei, ohne auch nur richtig aufzublicken, selbst die Tiere hielten ihre Schnäbel, Mäuler und Schnäuzchen. Es war schrecklich! Selbst die abendliche Streiterei mit dem alten Leguan um seine Telefernundfiktionskugel blieb aus. Nichts und niemand lockte sie aus ihrer Schwermut heraus. Alle waren wie gelähmt. Draußen blühte und grünte die Welt um die Wette, die Vögel konzertierten von morgens bis abends, die Sonne ging kaum unter, da ging sie schon wieder auf und drinnen hatte sich eine Eiseskälte und Sprachlosigkeit ausgebreitet, von der niemand wusste, wie sie jemals überwunden werden sollte.

Stutz stürzte sich in die Arbeit und kam aus seinem Bastelschuppen gar nicht mehr heraus. Stattdessen drangen aus seiner Werkstatt die seltsamsten Geräusche: Verzweiflungsrufe, Klagelaute, Sägeweinen und Schraubenquietschen, Schmirgelschluchzer, Hammerherzgebrech und andere Miss- und Trauerklänge. Manchmal schlich sich der Alte an die Werkstatttür und drückte heimlich sein Ohr dagegen, aber es war zu schlimm. Jedes Mal verging ihm Hören und Sehen und dann schlich er wieder traurig davon und legte sich seufzend auf sein Sofa. Angeblich arbeitete Stutz an einer Äolsharfe, ein windiges Saiteninstrument, mit dem man – so die Fachliteratur – den Wind zum Sprechen bringen konnte. Aber er sprach nicht darüber und es blieb sein Geheimnis. Gezeigt hatte er sie nie jemandem. Susu strich kopflos durch die Wiesen und Felder, klapperte sämtliche Gassen und Wege des Städtchens auf der Suche nach Donella ab, aber er blieb erfolglos. Er, der im Suchen und Finden ein Meister seines Fachs war wie kein zweiter, kehrte Abend für Abend mit hängendem Kopf heim. Ein knappes „Bonsoir" kam noch über seine Lippen, dann verzog er sich in das alte Luftfrachtpaket, mit dem er hierhergekommen war und klappte den Deckel hinter sich zu. Früher, ja früher, hatte er immer mit den anderen in dem alten Ehebett geschlafen. Die Zeiten waren vorbei und die Küche blieb auch kalt. Der ansonsten so leutselige Saskio vernachlässigte seine Tanten, die sollten jetzt mal ohne ihn zurechtkommen, und vertiefte sich in sein dickes Handbuch der 1000 Taschenspielertricks. Besonders das Kapitel „Unsichtbares wieder sichtbar machen" hatte es ihm angetan und er probierte und probierte. Leider ohne Erfolg.

Die Tage und Wochen wälzten sich vor ihnen her, von Donella immer noch keine Spur, noch nicht einmal eine lausige Postkarte kam von ihr. Immerhin hatte sie drei Kinder zurückgelassen, von dem nunmehr schwermütigen Urundgroßvater ganz zu schweigen. Sie blieb spurlos verschwunden. Saskio war in der letzten Vollmondnacht sogar auf den Dachfirst geklettert, um nochmal nachzusehen, ob man Donella möglicherweise dort in der Dunkelheit übersehen hatte. Aber dort war niemand. Nur der alte Mond zwinkerte etwas verwundert hinab und fragte sich im Stillen auch, was mit Donella passiert sei.

Was sollte jetzt werden?

„Wenn ich mir erlauben darf eine Bemerkung, eine kleine Ejze", krähte der Nacktpapagei, „Man solle die Hoffnung niemals nich lasse sinken. Mit ein bisserle Massel, das Mejdl wird kommen wieder. Bis dahin reißt euch beim Allmächtigen zusammen, geht euren Geschefte nach und macht mir jetzt endlich eppes zu acheln. Ich sterbe vor Hunger und ihr könnt gleich mich tragen übermorgen ins Morg[5] oder Grab!"

„Ausnahmsweise muss ich dem Kakadu..."

„Papagei, wenn ich bitten darf!", warf der Nacktpapagei empört ein.

„...von mir aus dem Nacktpapagei, recht geben. Das letzte dürftige Fliegenbein habe ich vor genau 87 ½ Tagen, drei Stunden und 72 Sekunden schlucken dürfen", tönte es empört aus der Ecke des Ochsenfrosches.

Auch sämtliche Fiffis, Möpse und Kanarienvögel hatten sich um die drei Urenkel und den Alten versammelt und schauten mit erwartungsvollen Augen zu ihnen hoch. In der Tat! Vor lauter Kummer um und Sehnsucht nach Donella hatten sie ganz vergessen, sich um ihre tierischen Mitbewohner zu kümmern. So konnte es nicht weitergehen! Wenn sie nicht alle dünner als ihr eigener Schatten werden wollten und Gefahr liefen mit dem nächsten Windhauch davonzusegeln, mussten sie jetzt sofort zur Tat schreiten, Futter besorgen, essen und dann Plä-

---

[5]   Leichenschauhaus

ne schmieden. Außerdem war es höchste Zeit, sich einmal wieder um die alten Tanten zu kümmern. War es nicht schon eine halbe Ewigkeit her, dass er Madame Cluny, Cécile Zementry, Mademoiselle Four und Madame Perrier besucht hatte, fragte sich Saskio entsetzt. Wahrscheinlich hatten sie schon eine Vermisstenanzeige nach ihm aufgegeben, oder Anastasia zischelte suchend nach ihm durchs hohe Gras. Gott bewahre! Das musste verhindert werden. So bald wie möglich, werde er ihnen einen ausführlichen Besuch abstatten, schwor sich Saskio. Aber zuerst musste etwas gegen das Loch in den Mägen der Haus- und Mitbewohner unternommen werden.

Das sechzehnte Kapitel, indem ein Berg Viktualien herangeschafft wird, um die Denkfähigkeit zu erhöhen.

Nach einer wilden, leider vergeblichen Suche nach Essbarem im Haus, bei der das Unterste zu oberst gekehrt wurde, machten sie sich schließlich auf den Weg in den Garten, in das Dorf und in die weitere Umgebung.

Saskio gedachte seines Entschlusses und wollte seinen Madamen einen einträglichen Besuch abstatten, Stutz schob sein Bicyclettamobil an und fuhr in die Landschaft, diesmal ausschließlich auf der Suche nach Koch- und Essbarem. Susu begann den vernachlässigten Gemüsegarten wieder auf Vordermann zu bringen.

Glücklicherweise war es gerade die Zeit der Maulbeerreife und mit Hilfe des Faulbären konnte die Ernte eingefahren werden. In Ermangelung einer funktionstüchtigen Leiter – die untersten Sprossen fehlten und Stutz war noch nicht dazugekommen, sie einzufügen – kletterte Susu auf Faulbärs Rücken und zog an seinen Ohren.

„Wach auf, Bär. Es handelt sich um einen Notfall. Du musst aufstehen!"

„Brmm. Waaaas muss ich? Aufgehen? Bin ich nicht schon dick genug?"

Damit tat der Faulbär einen tiefen Seufzer und versank zurück in seinen Tiefschlaf. Susu neigte nicht zum Aufgeben, deshalb beugte er sich zum pelzigen Ohr des Bären hinab, legte seine beiden Hände wie einen Trichter darum und brüllte:

„AUFSTEHEN! Du musst mir helfen. – Hallo? Bäääär! Hörst du mich?"

Der Faulbär erschrak zu Tode und rappelte sich auf „Aaah, wer stört meinen Heilschlaf?" Der Faulbär drehte seinen Kopf und versuchte nach hinten auf seinen Rücken zu schauen, was aber schlecht gelang, da er schon ein bisschen steif war. Er war schon nicht mehr der Jüngste in der Faulbärenschaft.

„Ich komme nicht an die Maulbeeren heran. Die brauche ich aber fürs Abendessen. Hilf mir bitte."

Ob es nun Susus inständige Bitte oder die Aussicht auf frische, saftige Maulbeeren war: Der Bär erhob sich, stellte sich auf seine Hinterbeine, was er seit seiner Zeit als Tanzbär nur noch sehr ungern machte – ungute Erinnerungen, man kennt das –, Susu hielt sich an seinem Pelz fest und stellte sich dann mit etwas wackligen Knien auf dessen Schultern.

„Mist. Ich bin immer noch zu klein, Bär. Kannst du dich nicht mal auf die Zehenspitzen stellen?"

„Nein, natürlich nicht. Ich bin keine Balletttänzerin, auch wenn ich mal Tanzbär war, außerdem bin ich von Natur aus ein Sohlengänger, wie du vielleicht wissen könntest." ‚Das kommt davon, wenn man Plattfüße hat', dachte Susu und hatte eine Idee.

„Guck mal, Bär. Da steht ein Kescher. Nimm den. Ich klettere rein und du hebst mich zu den Früchten hoch, dann kann ich sie pflücken."

Gesagt, getan! Die Methode ließe sich zum

Patent anmelden. Als sie den Wäschekorb mit den schwarzroten Maulbeeren gefüllt hatten, trug der Faulbär sie in die Küche.

„Machst du Maulbeerkuchen?", fragte der Bär, dessen Leib- und Lieblingsspeise das war.

„Unbedingt", bestätigte Susu. „Und Maulbeersaft und aus dem Rest Maulbeerkartoffelklöße", fügte er noch hinzu.

„Maulbeerkartoffelklöße? Was soll das denn sein? Habe ich ja noch nie gehört", wunderte sich der Faulbär.

„Ja, ich höre es auch gerade zum erstenMal. Ist aber bestimmt sehr gesund. Du wirst sehen", sprach's und machte sich ans Werk.

Susu hantierte am Küchentisch herum und heizte den Eisenofen an. Die Tiere saßen brav auf der Stiege und verfolgten jeder seiner Handgriffe. Der Faulbär hatte sich nach der unverhofften Anstrengung des Wachwerdens und Erntens auf das Sofa plumpsen lassen und war bereits wieder in einen sofortigen Tiefschlaf gefallen. Sein Schnarchen begleitete das emsige Töpfe- und Geschirrgeklapper. Bald durchzogen köstliche Gerüche von Maulbeerkuchen, Maulbeersaft und gesunden Maulbeerkartoffelklößen das Haus.

Die anderen kehrten nach und nach nach Hause zurück. Mehr oder weniger erfolgreich. Der alte Herr hatte in der Stadt noch einen Freund von früher. Damals als sie beide noch jung gewesen waren und gemeinsam im Kirchenchor die Bemühungen des Kantors unterstützt hatten, eine festliche Messe musikalisch zu begleiten – also, je nachdem, wie man es sieht. Jedenfalls hatten sie tüchtig „Jubilate" und „Jesus, meine Zuversicht" gesungen und so etwas verbindet fürs Leben. Der genannte Freund also hatte dem Alten schon oft ausgeholfen, so auch diesmal. Jeder muss mindestens einen solchen Freund im Leben haben. Sonst geht es nicht. Dann geht die Welt einfach unter oder dreht sich nicht mehr.

Mit einem Rucksack voller Konserven und einem sehr gut erhaltenen Dosenöffner verabschiedete sich der Alte von ihm und umarmte ihn mit Rührung in den Augen zum Abschied.

„Auf bald, alter Freund!", winkte er ihm zu.

„Komm gut nach Hause und lass dich beizeiten wieder einmal hier blicken!", erwiderte dieser, dann stand er noch eine Zeit in der Tür und blickte dem Alten hinterher, als dieser hinter der Wegbiegung verschwand, ging er wieder zurück in sein Haus und verschloss die Tür.

Auch Stutz war erfolgreich gewesen. Er musste sein Bicycletta schieben, so schwer türmten sich die Dinge auf seinem Lastenmobil. Begeistert breitete er seine Fundsachen, Alt- und Neuentdeckungen auf dem Wiesenplatz vor der Küchentür aus. Alle waren zur Tür gekommen, sogar der miesgelaunte Ochsenfrosch hatte seine Schmollecke verlassen und sich neugierig zwischen den Beinen der Möpse und Fiffis hindurchgequetscht und auch die zwei an der Mauer klebenden Geckos Gin und Fizz reckten interessiert ihre faltigen Hälse. Sie kamen aus dem Staunen über Stutzens Schätze nicht heraus. Vor ihren Augen türmte sich hoffnungsweise nur Essbares, wenn vielleicht das eine oder andere etwas schwerer verdaulich, dafür aber ohne Mindesthaltbarkeitsdatum war. Sagenhaft! Ihnen lief das Wasser in den Mäulern und Schnäbeln zusammen beim verheißungsvollen Anblick von Esspapier, Huflattich, Stopfeiern, Zuckerhüten und -watte, Lakritzstangen, Hartgummidrops und hast du nicht gesehen. Das Milchgesicht vom Melzerhof hatte partout nicht mit Stutz mitkommen wollen. Egal. Dafür hatte er dem Parfumeur am Markt noch ein ganzes Fass mit Fruchtessenz abschwatzen können. Daraus konnte man ein herrliches Sommergetränk brauen. Für die Zukunft war jedenfalls in ernährungspraktischer Hinsicht gesorgt.

Nur Saskio kam mit leeren Händen zurück. Die Madamen waren allesamt nicht zu Hause gewesen oder hatten ihm jedenfalls nicht geöffnet. Merkwürdig! Das war noch nie vorgekommen. Na, sei's drum. Darüber würde er sich später noch Gedanken machen können. Komisch war es allerdings schon. Manche Fenster waren sogar mit Baubrettern vernagelt gewesen, als solle niemals jemand mehr darinnen wohnen und vor einem hatte eine Werbewand gestanden, die Reklame für ein zukünftiges topmodernes Apartmenthaus machte, das dort in naher Zukunft entstehen sollte. Sollte das alte Haus von Madame Cluny abgerissen werden? War sie doch zu ihren Verwandten gezogen, wie sie es bei so manchen Gesprächen mit ihm in Betracht gezogen hatte, dann aber immer wieder verwarf wegen ihres Zebras im Vorgarten und überhaupt.

Die ganze Sache war rätselhaft, aber er konnte sie jetzt nicht klären. Jetzt musste erst einmal für eine ausreichende Kalorienzufuhr bei allen gesorgt werden, sonst wurde ihnen noch schwarz vor Augen und wirklich klar denken konnte auch schon lange keiner mehr.

Da das Wetter schön war, wurde der Tisch nach draußen in den Garten geschafft und die alte Tränke zur Verlängerung desselben umgedreht. Dann schafften sie alle Leckereien aus Küche, Rucksack und aus Stutzens Fundus auf die lange Tafel und nahmen rundherum Platz. Unter viel Gerede, Gemaunze, Gekläffe und Gezwitscher, auch ein mürrisches Gequake war zu vernehmen, aßen, fraßen und labten sich alle, bis sie nicht mehr konnten.

„Mäh, mäh, ich bin so satt, ich mag kein Blatt", sagte die Ziege und bleckte grinsend ihre gelben Zähne ob ihrer literarischen Anspielung. Faulbär rülpste und brummte etwas Unverständliches, dann sank er unter den Tisch und war offensichtlich wieder eingeschlafen. Die anderen Vierbeiner leckten sich noch gegenseitig die Schnauzen sauber, dann verabschiedeten sie sich und suchten ihre Schlafplätze für ein ausgiebiges Verdauungsschläfchen auf. Selbst der dicke Miesepeter kam auf seine Kosten, da Stutz noch ein Weckglas mit eingelegten Fliegen gefunden hatte, welches er mit viel Geschmatze auslöffelte.

„Das war ein köstliches Tschmoken und Schlürfen. Das Tisch-Tech ist ein bisserl unorntlech, aber sonst war es en groß Fargenign.

Der erste Tejl des Plans ist ja nu mal aufgegangen", krächzte der Nacktpapagei zufrieden und stolzierte über die Tafel. „Und nu. Tejl zwej."

„Und wie soll der aussehen?", fragte der Urundgroßvater. „Donella ist und bleibt verschwunden und wir haben nicht den Schimmer einer Ahnung, wo sie sein könnte, was sie tut, ja, ob sie überhaupt noch lebt." Letzteres fügte er leiser und mit einem Zittern in der Stimme hinzu. Die Jungs sahen ihn mit großen Augen an und schluckten. Ein seltsamer Kloß steckte ihnen in der Kehle, der partout nicht runterrutschen wollte.

„Ihr müsst a bissele warten. Mehr könnt ihr

nicht tun nicht. Wenn sie zurückkummt, kummt sie."

„Und wenn sie nicht kommt?", flüsterte Stutz zaghaft.

„Dann tut ihr amol so, als sei sie mal eben in die Vakanzje gefahren, hätt aber vergessen, sich ein Busbillett für die Rückrijs zu kaufen und muss jetzt allerhand onstelle, um oin andere Weg nach Hause zu finde. Das kann richtig kompliziert sejn und dauere. Bis dahin, seid fleißig, repariert endlich das Dach und haltet zusammen." Sie seufzten tief und nickten.

Was sollten sie schon anderes tun? Hier die Stellung halten und warten. Vielleicht kommt sie ja eines schönen Tages aus den verlängerten Ferien zurück und zur Tür hereinspaziert, setzt ihren Koffer ab, hängt ihren Mantel und das Rosentuch an den Haken, umarmt alle innig, bemehlt sich die Hände und fängt wieder an zu backen. Auf die Frage, wo sie denn so lange gewesen sei und was sie getrieben habe, würde sie gar nicht antworten und nur versonnen lächeln.

Das siebzehnte Kapitel, worin ein Findefundstück für Aufregung sorgt und Schwester Soir nicht mehr Hosianna singen will.

Bis es soweit war, passierte noch etwas anderes, Unverhofftes. Die Wochen waren ins Land gegangen, eigentlich war schon ein ganzes Jahr seit Donellas Verschwinden vergangen und immer noch hielten die Einwohner dieser etwas seltsamen Familie verstohlen Ausschau nach ihr oder lauschten den Schritten auf dem Weg vor dem Haus, ob es vielleicht ihre seien. Waren sie aber nicht.

Eines Tages, es war ein freier Freitag und Susus Küche war dementsprechend geschlossen, wollte sich Stutz schon ganz früh morgens auf den Weg machen in ein etwas weiter entfernt liegendes Dorf, um dort dem Uhrmacher bei der Reparatur seiner mechanischen Chronometer und Wasseruhren zu helfen. In sein gelbes Ölzeug gehüllt, Regen war angesagt, öffnete er die Küchentür und wäre beinahe über ein kleines Bündel gestolpert, das da jemand vor ihrer Tür deponiert hatte.

Ein Paket? So früh? War schon Weihnachten? Eigentlich nicht. Er beugte sich hinab und schnappte nach Luft. Nein! Nicht zu fassen! Ein Paketkind, ein Päckchenbaby. Sollte das etwa für sie sein? Für wen sonst? Hier wohnte ja weit und breit niemand außer ihnen. Vorsichtig nahm er das in ein Tuch gehüllte schlafende Kind auf und trug es in die Küche. Ganz sachte legte er es auf dem Küchentisch ab.

„Oh, nein, nicht schon wieder!", quakte lautstark der Ochsenfrosch, „Bring das wieder weg. Wir haben genug Kinder hier!"

„Lass mal sehen, was hast du denn do!", kam der Nacktpapagei herangewackelt. Er näherte sich dem Bündel und zupfte an dem Tuch. Es war zwar ein altes, aber ein schönes Tuch, ein Rosentuch! Das Kind war wachgeworden und schrie, ob vor Hunger oder weil ihm kalt und ungemütlich war, man konnte es nicht sagen. Jedenfalls weckte sein Gebrüll alle übrigen Hausbewohner, die sich auch nach und nach in der Küche einfanden, um den unverhofften Neuzugang in Augenschein zu nehmen.

„Wieder ein Kind, ein Junge", murmelte der Alte.

„Wie sollen wir ihn nennen?", fragte Saskio, und Susu änderte augenblicklich seine Pläne für heute und rührte dem Kind schnell ein Milchfläschen an. Der Ochsenfrosch beäugte den Kleinen und quakte:

„Uiuiui, der hat ja verdrehte Füßchen. Heilige Lurch- und Molchflosse, wie soll der jemals laufen können?"

„Das lass mal unsere Sorge sein", erwiderte Stutz, „Ich werde ihm eine Laufvorrichtung bauen."

„Wir können ihn ja auch tragen", bot sich erstaunlicherweise der ob des Krawalls aus seligen Träumen gerissene und herbeigetrottete Faulbär großmütig an.

„Vielleicht lernt er das Laufen doch. Mit dem richtigen Training!", fügte Saskio hinzu.

Und so war es auch. Fin, so hatten sie den Kleinen genannt, vorerst sollte es nur ein Verlegenheits- und Arbeitsname sein, sie wollten später einen richtigen Namen für ihn suchen. Doch dann hatten sich alle daran gewöhnt und vergessen, dass sie ihm noch einen anderen Namen hatten geben wollen. Aber Fin war ganz zufrieden damit. Jedenfalls lernte er das Laufen doch noch, wenn auch auf eine etwas drollige Art. Wenn es schnell gehen musste, lief er seitwärts und wenn es noch schneller gehen musste, packte ihn der Faulbär und rannte mit ihm so geschwind, dass des Bären Sohlen qualmten. Keiner hätte ihm das zugetraut. Aber ein einmal gegebenes Wort zählt. Bärenwort eben! Jetzt waren es also vier Urenkel in dem Haus des Alten, neben den Möpsen und Fiffis, dem Federvieh und den wechselwarmen Echsentieren, den beneidenswert Bepelzten und dem Nacktpapagei, dem Ochsenfrosch, dem Faulbär und natürlich der Ziege, nicht zu vergessen. Die Lage im Haus war mittlerweile ein klein wenig unübersichtlich geworden, da die Tantenfanvereinigung doch zuverlässig Jahr um Jahr immer wieder und weiter ihre vierbeinigen Erben an Saskio übergeben hatte. Letzterer war bereits zu einem jungen Mann herangereift, blieb aber bei seiner früh ergriffenen Passion und Profession. Da indes der Nacktpapagei alle Einwohner täglich zählte, konnte keiner verloren gehen und alles hatte fast seine Ordnung. Nur eine fehlte.

Trotz des Neuzuganges im Haus – und es war ein richtig netter Neuzugang – konnte nichts über Donellas Abwesenheit hinwegtäuschen. Sie lebten zwar alle ihr Leben weiter, doch insgeheim fragten sie sich, wo sie sei und warum sie nicht mehr bei ihnen lebte. Ihr Platz am Tisch war in der Zwischenzeit vom Ochsenfrosch in Beschlag genommen worden, weil er sich von dort aus, die besten Happen vom Tisch zu schnappen gedachte, was er dann auch tat und von Tag zu Tag dicker und unförmiger wurde. Niemand brachte die Energie auf, ihn zu verjagen und den Platz für Donella freizuhalten. Nicht, weil man sie nicht sehnlichst dahin zurückwünschte, sondern ganz im Gegenteil, weil man gar nicht über ihre Abwesenheit sprechen wollte und erst recht nicht in einer langwierigen Diskussion mit dem Miesepeter Ochsenfrosch.

Ab und an nahmen sie sich wie zufällig an den Händen und drückten sie, oder der Alte klopfte ihnen aufmunternd mit seinen knorrigen Händen auf den Rücken. Dann seufzten sie und wandten sich wieder ihren Tagesgeschäften zu, die ihnen aber irgendwie nicht mehr so leicht von der Hand zu gehen schienen. Die Rettung kam dann ganz von woanders her und das hatte mit den Tanten zu tun. Aber ich greife vor.

Fin hatte sich ohne Probleme bei ihnen eingelebt und war der besondere Liebling vom Alten, Stutz und dem Faulbär. Da der Kleine tatsächlich ein wenig Schwierigkeiten mit dem ganz schnellen Laufen hatte, hat Stutz ihm dann ein Rennmobilgestell auf drei Rädern gebaut. Mit dem brach er alle Rekorde und zusammenfaltbar war es auch, so dass man es bequem im Rucksack verstauen konnte. Wenn Fin nicht dem Faulbären die Ohren vollquatschte, während er auf dessen Bauch lag und in den Himmel blinzelte, besuchte er auch sehr häufig Schwester Soir in ihrem Schrankenwärterhäuschen. Tante Soir nannte er sie und jedes Mal, wenn sie nach draußen musste, um die Kurbel zu bedienen, klemmte sie sich Fin unter den Arm und nahm ihn mit, um ihm zu zeigen, wie wichtig es war, mit Sorgfalt und zeitlicher Genauigkeit die Schranke zu öffnen oder zu schließen, je nachdem, ob der Viertel-vor-zwölf-Zug nun schon passiert hatte oder eben noch nicht.

Fin liebte nichts so sehr, wie auf Soirs Schoß zu sitzen und mit ihr abwechselnd durch das Fernglas zu schauen und die Welt im Ausschnitt zweier konvexer Linsen zu betrachten, dafür aber ganz genau. Dabei erzählte sie ihm allerhand Merkwürdigkeiten aus ihrem früheren Leben im Kloster, vom dortigen Hosiannasingen, und wie wenig sie es vermisste, und Fin dachte sich die abenteuerlichsten Zirkusgeschichten für sie aus, sie war nämlich noch nie in ihrem Leben in einem gewesen. Er auch nicht, dachte er jedenfalls, seine Geschichten waren aber von großer Lebenskraft, so als wär er das geborene Zirkuskind.

Im achtzehnten Kapitel kommt es zu einem rätselhaften Tantenschwund, Plätze im Paradies sollen noch frei sein und die Musiklehrerin erhält Besuch von zwei zwielichtigen Herren. Saskio lässt das alles keine Ruhe.

Die Tage purzelten vom Kalender, der Sommer ging in den Spätsommer über. Es war die Zeit, in der die Jungspinnen auf Reisen gingen. An langen silbrigen Fäden wehten sie übers Land. Altweiberhaar sagten die Leute dazu. Es waren aber die Fäden der Spinnen, die in der Sonne leuchteten. Das Leben unserer etwas seltsamen Familie verlief in seinen gewohnten Bahnen – nur Donella blieb verschwunden und Sasa fragte sich, was mit seinen Madamen passiert war.

Erinnert ihr euch an die alten Damen und ihre Möpse und Fiffis, um die sich Saskio kümmerte? Susu und Stutz nannten sie nur „die Tanten", Saskio sprach hingegen von den älteren „Madamen". Saskio konnte nicht vergessen, dass er keine seiner Madamen bei seinem letzten Besuch bei ihnen zu Hause angetroffen hatte. Das war noch nie vorgekommen. Merkwürdig, wirklich sehr merkwürdig! Und was noch rätselhafter war, war die Stille, eine absolute Totenstille, die deren Häuser umgab. Wo waren sie geblieben? Wo waren die Hunde, Katzen und Vögel? Die Leguane, Vogelspinnen und das Zebra, das in Mademoiselle Clunys Vorgarten sein Gnadenzuckerbrot vertilgte? Sonst hatte es immer einen Mordsradau gegeben, wenn er an ihren Türen geklopft und geschellt hatte und jetzt? Nichts. Aber auch gar nichts rührte sich. Kein Bellen, kein Miauen, kein Zwitschern, kein Wiehern, kein Zischen, kein Nichts. Völlige Stille!

Er beschloss bei sich, zu späterer Stunde noch einmal einen Versuch zu wagen. Vielleicht waren sie ja alle samt und sonders zu einem Ausflug unterwegs oder bei der Jahreshauptversammlung des städtischen Tierschutzvereines – obwohl die schon gewesen war in diesem Jahr, so viel er sich erinnerte. Irgendwo mussten sie ja sein.

Nach dem Abendessen machte er sich erneut auf den Weg. Nachdem er schon das dritte Haus der Madamentanten erfolglos abgeklappert hatte, fiel ihm beim vierten etwas auf, oder vielmehr vor die Füße. Der übervolle Briefkasten quoll aus allen Nähten und ein Teil der Postsendungen hatte sich schon auf den Gehweg zum Haus ergossen. Saskio bückte sich danach und klaubte eine bunte, schon etwas vom Regen verwaschene Broschüre auf. Darauf stand:

Sundowner-Paradies!

Es sind noch Plätze frei! Mieten oder kaufen Sie sich jetzt Ihren Platz in der ersten Reihe!
Unser First-Class-Senioren-Palace mit professioneller Betreuung, Unterhaltung und medizinischer Versorgung wartet auf Sie. Wohnen und leben naturecht und stadtnah. Für Sie ... und natürlich für Ihre Lieblinge.
Kommen Sie und lassen Sie sich exklusiv und unverbindlich beraten! Sichern Sie sich einen Platz für ein dreimonatiges, kostenfreies Probewohnen in herausragender Wohnlage in

ruhiger Umgebung! Es freut sich auf Sie,

Ihr lächelndes Service- und Sanatoriumsteam vom Sundowner-Paradies!

Was sollte das bedeuten? Waren die betagten Herrschaften auf ihre alten Tage noch umgezogen. In ein Seniorenheim? Ohne ihn zu benachrichtigen? Undenkbar! Wo waren die Tiere? Hatten sie sie mitgenommen? Saskio war beunruhigt. Die Sache gefiel ihm nicht. Ganz und gar nicht gefiel ihm das. Hier war etwas faul. Er wusste nur noch nicht was. Nachdenklich lenkte er seine Schritte ins Dorf.

Er war bedrückt und es wollten sich partout keine helleren Gedanken einstellen. Er musste dringend herausbringen, wohin die Madamen entschwunden waren. Unterwegs kam er an einem großen Bauplatz vorbei, auf dem mehrere Abrissbagger wie zum Abmarsch in einer Reihe bereitstanden. Sonst sah er nichts; der Platz wirkte verwaist, aber irgendwie hing eine ungute Stimmung über dem ganzen. Woher kam eigentlich dieser große Bauplatz? Der war ihm noch nie aufgefallen. War hier nicht früher ein Bouleplatz gewesen mit großen alten Kastanien? Oder täuschte er sich? Sasa wusste nicht mehr, ob er seiner Erinnerung trauen konnte. Er musste unbedingt zu Mademoiselle Four. Vielleicht konnte sie Licht ins Dunkle bringen!

Um diese ganze Geschichte verstehen zu können, muss man wissen, dass die betagten Tanten, Saskios Madamen, meistens in alten, schon etwas ramponierten, aber dennoch hochherrschaftlichen und immer noch an die alte Pracht erinnernden Villen wohnten. Meistens ganz allein. Manchmal von einem staubigen Zimmermädchen oder einem schrulligen Butler betreut, beide von ähnlich unbestimmbarem Alter wie die Damen selbst. Eigentlich waren diese Häuser viel zu groß und unpraktisch für die alten Herrschaften, aber wie das so ist mit lang Vertrautem, es wächst einem ans Herz und man möchte es nicht mehr missen. Abgesehen davon, dass sich alte Bäume auch nur sehr schlecht verpflanzen lassen.

So lebten die alten Tanten also ein überschaubares Leben zwischen Gummibäumen, Weinbrandbohnen und Häkeldeckchen, ganz der Pflege ihrer tierischen Mitbewohner hingegeben, deren Fürsorge allerdings mit einigem Aufwand verbunden war, mussten doch die Termine von Pudelcoiffeur und Tierarzt, Pediküre für das Pet, Diätplänen und Gassigehen aufeinander abgestimmt werden. Alles verlief nach fein ausgeklügelten Plänen und hätte auch so weiter gehen können, wenn...

... wenn nicht eines Tages zwei schwarzbefrackte Herren mit Lackschuhen an den Füßen und Melone auf dem Kopf auf den Plan getreten wären. Sie trugen schmale Aktentaschen und sahen sehr wichtig aus. Niemand hatte sie je vorher hier gesehen und die Leute fragten sich, warum in aller Welt sie auf Madame Perriers Haus zusteuerten und was sie dort wollten. Etwa Klavierunterricht? Waren sie dafür nicht schon ein bisschen zu alt? Sie mussten sich geirrt haben.

Zu Mme Perriers Kundschaft zählten die Kinder des Ortes und ihre Besucherliste war übersichtlich. Jeden dritten Sonntagnachmittag empfing sie ihre Freundinnen, die ehrwürdige Schwester Soir vom Orden der Barfüßer und Mademoiselle Four zum Tee. Abends ließ sich gelegentlich ein Vogel auf dem Fensterbrett vor ihrem Musiksalon nieder, der einen kleinen Schwatz mit ihr halten wollte. Aber das war auch schon alles.

Jetzt aber stehen die beiden unbekannten Herren vor ihrer Tür, ziehen sich die Beinkleider noch einmal kurz hoch und ziehen energisch an der Türglocke. Mme erscheint. Die beiden Herren verbeugen sich diensteifrig vor ihr und ziehen ihre Melonen.

„Ah, Madame! Bonjour! Dürfen wir uns vorstellen? Mein geschätzter Kollege Monsieur Tist und meine Wenigkeit Heribert Lücke! Wir kommen von der Immobilien- und Seniorenpflegestiftung List und Tücke! Wir übernehmen alles treuhänderisch und seriös. Eigentumsübertragungen, Rentenverwaltung, Mündelverwahrung, alles aus einer Hand. Pflegenotstand – bei uns ein Fremdwort. Bei uns wird Ihnen geholfen, und zwar, wenn Sie gestatten, das zu erwähnen, **persönlich** geholfen. Die direkte Betreuung unserer wertvollen Kunden ist uns eine besondere Anlage, äh, Anliegen. Unser Motto für Sie: „Sorgenfrei in die Zukunft!" Und wenn Sie jetzt denken, ‚Das ist ja alles schön und gut, aber was ist mit meinem Haustier?', auch daran haben wir natürlich gedacht. Ihr Fiffi oder Ihr Schmusekätzchen kommt einfach mit und auch für ihn oder sie gibt es eine ganz wunderbare Unfall-, Invaliden- und – Man höre und staune! - auch eine Todesfallversicherung. Für den Fiffi nur das Beste! Auf jeden Fall Todesfall! Sie gestatten das kleine Wortspiel!? Wir haben an alles gedacht und sorgen allen Eventualitäten vor! Na? Interessiert, Verehrteste?"

Während dieses Redeschwalles krummbuckelte und kratzfüßelte er mit seinem Kollegen um die Wette. So sah sich Madame Perrier einem  ständigen Auf und Nieder der beiden Herren gegenüber, als wollten sie eine seltsame Gymnastikkür vor ihr absolvieren. So viel Beweglichkeit hätte man dem Dicken bei seiner Leibesfülle nicht zugetraut! Bei dem Langen befürchtete man jeden Augenblick, er verlöre eins seiner Gliedmaßen, so schleuderte er Arme und Beine herum.

Madame blickte irritiert von einem zum anderen und wirkte etwas erschöpft ob dieser unverhofften Vorstellung und zog sie kurz entschlossen mit einem energischen Ruck zu sich ins Haus. Die schwere Tür schloss sich hinter ihnen.

Das Geschehen war von Fin und Schwester Soir mit einigem Stirnrunzeln von ihrem Aussichts- und Beobachtungsplatz im Wärterhäuschen beobachtet worden. Das Bahnwärterhäuschen von Soir lag nämlich nur drei Steinwurf von Mme Perriers Villa entfernt, wenn auch mit dem Bahngleis dazwischen.

„Was tut sie da?", fragte sich Tante Soir und „Wer sind die schwarzen Rundhüte?", wunderte sich Fin.

„Wir müssen das seltsame Treiben im Auge behalten", so Soir. „Unbedingt", pflichtete Fin ihr bei.

Nach einiger Zeit, zu lange, um nur mal kurz nach dem Weg zu fragen, zu kurz für eine Musikstunde, verließen die beiden Herren wieder das Haus. Eiligen Schrittes gingen sie über den Fußweg, dabei eine Unzahl von flattrigen Papieren ordnend und in ihre Aktentasche stopfend. Madame Perrier war nicht zu entdecken.

„Fin, das gefällt mir nicht. Ich werde mich mit Mademoiselle Four beraten. Halte du hier die Stellung. Ich laufe schnell zu ihr ins Städtchen und werde ihr von diesen seltsamen Vorkommnissen berichten."

„Aye, aye, Tantemadame! Wird gemacht."

Soir gab Fin zum Abschied noch eine Kopfnuss und verschwand mit wehender Haube zur Tür hinaus. Fin zückte das Fernglas und ließ das Haus Mme Perriers nicht mehr aus den Augen.

Das neunzehnte Kapitel, in dem
Gegenmaßnahmen ergriffen werden, Madame
Perrier einen verhängnisvollen Fehler begeht,
Petit Four ohne ihren Hut nicht auf Reisen geht
und auf den Bahnverkehr doch noch Verlass ist.

So waren jetzt also schon zwei beunruhigte
Zeitgenossen auf dem Weg zu Mademoiselle
Four, die nichtsahnend gerade eine neue Hut-
kreation ausprobierte. Modell „Vogelnest im
Hochwald" – ganz besonders apart, da tatsächlich eine Goldammer dort nistete und ab und zu
ein kleines Lied zum besten gab.

Mademoiselles Atelier lag im Kellerhalbge-
schoss eines dreistöckigen schmalen Hauses,
genau genommen hatte das Haus auch nur drei
Zimmer, nämlich eins über dem anderen: Unten
das Atelier, darüber die Belle Étage, sprich das
Empfangs-und Wohnzimmer und darüber
Mademoiselles Schlafzimmer. Eine winzige
Badestube und eine noch winzigere Küche befanden sich im Hinterhof des Hauses und waren
praktischerweise von allen Räumen aus zu er-
reichen, da alle Zimmer eine Treppe zum Hof
hinaus hatten. Mademoiselle Four bewohnte
dieses schmale Gebäude leider ganz allein, sieht
man einmal von dem braun-weißen Rehpinscher ab, der ihr auf der Fensterbank sitzend
Gesellschaft leistete.

„Sissylein, es ist Zeit für unseren Tee. Möch-
test du auch einen?", wandte sie sich an den
Rehpinscher, der daraufhin hoheitsvoll mit dem
Kopf nickte.

Gerade hatte sie den Wasserkessel ergriffen, als es an der Ateliertür pochte. „Herein", rief sie in Erwartung eines Kunden, aber herein stürmten Saskio und Tante Soir.

„Meine Güte! Was macht ihr denn hier? Habt ihr ein Problem mit einem Saum, wollt ihr einen Hut?"

„Nichts dergleichen. Wir sind in Schwierigkeiten."

„Schwierigkeiten? Ich verstehe nicht. Was ist geschehen?"

„Es geht um unsere Freundin Mme Perrier", stieß Tante Soir mit besorgter Miene hervor.

„Es geht um die Madamen", presste Saskio heraus.

„Wie meinen?", erstaunte sich Mademoiselle Four. „Geht es ihr nicht gut? Hat es ihr die Stimme verschlagen? Ist die Steuerbehörde hinter ihr her? Was ist mit den Madamen, den alten Tanten? Herzinfarkt, Schlaganfall, Hühneraugen?"

„Wir wissen es nicht", ertönte es unisono von Saskio und Tante Soir.

„Was wisst ihr denn?", wollte Petit Four wissen (nur ihre besten Freunde durften sie so nennen und die standen ja gerade vor ihr).

„Sie sind alle weg mitsamt ihrem Kleintierzoo", resümierte Sasa und Soir ergänzte „Und Mme Perrier empfängt Herrenbesuch. Unangenehmen und undurchsichtigen Herrenbesuch, was sie noch nie gemacht hat!"

„Das ist allerdings in der Tat seltsam. Hmmh. Herrenbesuch sagst du!?", Mademoiselle Four kratzte sich unter der Perücke „Und alle betagten Herrschaften dieses Ortes scheinen unbekannt verzogen. Hmmmh. Seltsam, seltsam!"

Saskio kramte in seiner Jackentasche und pfefferte die von ihm gefundene Reklame auf den Zuschneidetisch.

„Da. Habe ich gefunden vor einem der verwaisten Häuser. Eine Werbung für ein Seniorenstift nebst Kleintierbetreuung. Alles inbegriffen. Sorgenfreiheit zum Mieten oder Kaufen. Je nach Gutdünken und Portemonnaie."

Tante Soir angelte sich die Broschüre und las sie mit gerunzelter Stirn. Waren alle in ein Altenheim übergesiedelt? Eine lange Karawane von älteren Damen und Herren, Kakadus, Siamkatzen, Cockerspanieln, Leguanen und anderen unzertrennlichen Hausgenossen hätte sich von allen unbemerkt aus dem Örtchen herausbewegt? Ein Exodus ins Sundowner-Paradies ohne Abschied, ohne ein Wort, ohne Gruß? Das konnte doch nicht sein. Und wie passte da Mme Perrier hinein? Sollten die beiden schwarzbefrackten Herren etwa Agenten dieses Etablissements sein? Ging das hier mit rechten Dingen zu? Die drei sahen sich an und schüttelten ihre Köpfe.

„Wir müssen zu Perrier. Sie allein kann uns sagen, welches Spiel hier gespielt wird." Wie auf Kommando machten sie auf dem Absatz kehrt und stürmten zum Haus hinaus. „Sissylein, du bleibst und verteidigst das Haus", rief Mademoiselle Four noch dem vor Kälte oder Aufregung zitternden Rehpinscher zu. Eine Antwort konnte nicht mehr abgewartet werden, aber auf Sissy war Verlass.

Mit Riesenschritten machten sie sich auf den Weg zum Haus der Musiklehrerin. Unterwegs kamen sie an dem Baugrundstück vorbei und Saskio bemerkte, dass die Bagger verschwunden waren. Alle samt und sonders!

„Bleibt kurz stehen!", rief er den anderen zu und zeigte auf das verlassene Grundstück. „Eben standen hier noch mehrere gewaltige Abrissbagger. Jetzt sind sie verschwunden. Alle! Mir schwant nichts Gutes!"

„Auf, eilt euch! Wir haben keine Zeit zu verlieren!", rief Mademoiselle Four und keuchend stürmten sie voran.

Als sie vor Madame Perriers Haus ankamen, fanden sie auch dieses verlassen. Die Haustür war nur angelehnt, so dass sie nach vergeblichem Klopfen und Rufen hineingingen.

„Jemand zu Hause?", rief Soir, aber keiner antwortete. Sie gingen von Raum zu Raum und fanden nur mit Laken und Staubschützern bedeckte Meubles, von Madame Perrier jedoch keine Spur.

„Oh, Allmächtiger", stöhnte Soir, „wir sind zu spät!"

„Wer könnte wissen, was passiert ist?", grübelte Saskio. Nach einiger Zeit panischen Nachdenkens rief Soir:

„Ich hab 's! Fin wird es vielleicht wissen."

Die beiden anderen sahen sie verständnislos an, folgten ihr dann aber schnell nach, da sie sich in Galopp gesetzt hatte und schon zur Tür heraus war.

Sie jagten die Straße hinauf, setzten über die Geleise (Bitte nicht nachmachen!) und kamen keuchend und nach Luft japsend beim Bahnwärterhäuschen an.

„FIN!", brüllte Soir, „Komm her!"

So schnell ihn seine Füße trugen, kam Fin angehumpelt.

„Hast du etwas bemerkt?", „Hast du etwas gesehen?", „Weißt du etwas?", bombardierten ihn Saskio, Soir und Mademoiselle Four gleichzeitig.

Fin streckte sich und setzte zu einer Rede an.

„In Gottes Namen, fasse dich kurz, Fin, was ist geschehen?", flehte ihn Saskio an. Erwartungsvoll starrten drei Augenpaare auf Fin.

„Aye, aye Sir and Mesdames! Ich habe alles gesehen. Madame Perrier wurde abgeholt. Von einem sehr großen und sehr schwarzen Omnibus mit getönten Scheiben, sodass man nicht sehen konnte, ob noch jemand darinnen saß. Ich hatte aber den vermaledeiten Eindruck..." – (Manchmal benutzte er so altertümliche Ausdrücke. Mit besonderer Vorliebe dann, wenn ihm etwas sehr ernst war.) – „ ... dass der Doppelstockbus – wisst ihr so ein englisches Modell – schwer beladen war und das nicht nur wegen des riesigen, geschlossenen Anhängers, den er hinter sich herzog und der vollbeladen war mit einem Haufen Tiere. Jedenfalls dem Krach nach zu urteilen, der daraus hervordrang."

„In welche Richtung sind sie gefahren?"

Fin wies mit ausgestrecktem Arm stadtauswärts. „Da entlang."

„Aber, da ist doch nichts", zweifelte Mademoiselle Four, „außer dem alten, unbenutzten Gefängnis aus dem letzten Jahrhundert und der

Tierfutterfabrik."

Als sie das gesagt hatte, wurden sie alle von einer kalten Angst gepackt und verstummten. Keiner wollte aussprechen, was alle dachten. Mademoiselle Four hatte sich als erste wieder gefasst:

„Es hilft nichts. Wir müssen hinterher. Da brauchen uns welche." Soir und Saskio nickten zustimmend, Fin schaute erwartungsvoll zu ihnen auf.

„Fin, lauf, so schnell du kannst, nach Hause und trommel alle zusammen. Wir brauchen Verstärkung. Sag dem Alten Bescheid. Susu und Stutz sollen sich etwas ausdenken, etwas Schlaues, Rettendes!"

Fin ließ sich das nicht zweimal sagen. Geschwind hatte er sein Rennmobil ausgeklappt und flitzte schon davon. Saskio sagte:

„Wir brauchen einen fahrbaren Untersatz, immerhin sind es gut fünf Kilometer bis da nach draußen. Hat eine von euch ein Automobil?"

Leider hatte niemand von ihnen ein solches Gefährt mit Verbrennungsmotor, aber Soir hatte etwas anderes.

„Als amtlich bestallte und bestellte Bahnwärterin bin ich im Besitze einer voll funktionstüchtigen Draisine zur Inspektion der Eisenbahnstrecken. Man folge mir und zwar dalli!"

Eilig rannten sie zu dem kleinen Lokschuppen auf dem Rangiergleis hinter dem Haus. Soir öffnete mit fahrigen Fingern und unter Zuhilfenahme eines großen rostigen Schlüssels das

Holztor und – voilá – eine prächtige Draisine[6] schimmerte ihnen entgegen. Gemeinsam schoben sie das Eisenbahngefährt nach draußen, dann schwangen sich alle auf die Planken und begannen mit vereinten Kräften den Eisenschwengel auf und ab, schneller und schneller zu bewegen. Es war ein noch etwas altertümliches Modell, das nur über Muskelantrieb funktionierte. Aber es funktionierte!

Quietschend setzte sich das Schienenfahrzeug in Bewegung, stadtauswärts. Saskio schrie: „Führt diese Strecke überhaupt zu der Konservenfabrik und zu dem Gefängnis?"

„Nicht ganz", brüllte Soir zurück, „In ungefähr fünfzehn Minuten muss ich kurz absteigen und die Weiche umstellen, dann kommen wir auf ein Nebengleis, was schnurstracks dorthin führt. Es

---

[6]   Eine Draisine ist ein kleineres Schienenfahrzeug, welches mit Hand- oder Motorbetrieb in Bewegung gesetzt wird. Unseres ist ein altmodisches mit Handbetrieb.

wird heutzutage nur noch für die Transporte von und zu der Fabrik genutzt, früher liefen auch die Gefangenentransporte über diese Nebenstrecke."

Während die drei sich wie die Berserker[7] ins Zeug legten, Mademoiselle Fours Hut drohte dauernd ob des wilden Geschaukels verlustig zu gehen, rannte Fin auf direktem Wege nach Hause.

---

[7]   Berserker waren wilde Kerle aus dem skandinavischen Mittelalter, die sich sinnlos betranken, um sich dann solchermaßen betäubt, unerschrocken ins Kampfgetümmel zu stürzen.

Das zwanzigste Kapitel, worin sich Familienzusammenhalt bewähren kann, Stutz die Segnungen der Elektrifizierung preist und zum Angriff geblasen wird.

Kaum kam das kleine Haus unserer Familie in Sicht, begann Fin auch schon zu brüllen,

„O-Opapa, Susu, Stutz, Faulbär! Hey, ihr alle, kommt schnell! Es ist etwas passiert!" Von seinem Geschrei aufgeschreckt ließen alle alles stehen und liegen und versammelten sich auf dem Wiesenplatz vor der Küche.

„Was gibt es denn so Dringendes, Fin?", fragte der Alte. „Ihr müsst mitkommen, alle. Saskio ist mit Tante Soir und Mademoiselle Four hinter dem schwarzen Bus her. In dem sitzt Mme Perrier und die Tiere haben sie auch."

Susu, der Alte, Stutz und die übrigen Hausbewohner sahen sich verständnislos an.

„Wovon redest du?", fragte Stutz. „Welcher Bus? Warum sollte Mme Perrier nicht Bus fahren? Vielleicht will sie in die Stadt zum Einkaufen oder zum Ohrenarzt?"

„Und von welchen Tieren faselst du?", ließ sich der Ochsenfrosch vernehmen, der auch herbeigenörgelt gekommen war. Fin ballte seine Fäuste zusammen, Verzweiflung stieg in ihm auf.

„Sie fahren sie zu dem alten Gefängnis und der Tierfutterfabrik vor der Stadt. Es ist, glaube ich, sehr schlimm."

Der Nacktpapagei kraxelte auf den Kopf des Alten und krächzte:

126

„Jingele, Jingele, was schrajst du da? Un das Viechzeuch hen se och met? Das meent in de Tot en trojerik ding. Wor denn das Froj Perrier alleen in das helisch Omnibus or worn do noch anere Minsch drinne?"

„Ich konnte es nicht sehen. Alles war schwarz an dem Bus, sogar die Fenster. Aber als er sich in die Kurve legte, schwankte er gefährlich, wie als sei er sehr schwer beladen."

„Mit Minsche", dachte der Nacktpapagei laut.

„Wo waren denn die Tiere?", wollte die Ziege Hercules wissen.

„In einem großen Anhänger. Der war ohne Fenster, aber von drinnen kam ein Höllenlärm von Bellen, Jaulen, Miauen, Gekrächze und Gewimmer. Das hat sich furchtbar schrecklich angehört. Als hätten sie große Angst", fügte Fin kläglich hinzu.

„Na, in der Konservenfabrik wird nur Tierfutter hergestellt, da haben sie ja nichts zu befürchten", wandte Susu ein, doch der Nacktpapagei schüttelte verneinend seinen Kopf, schwieg aber.

Gerade wollte der Alte fragen, was nun zu tun sei, als sich lautes Maschinengeräusch vernehmen ließ und sich ein monstergroßer Bagger den Weg zu ihnen heraufquälte. Alle blickten schreckensstarr in Richtung der alleszermalmenden Kettenräder, mit denen sich der Bagger seinen Weg zu ihnen bahnte. Seinen riesigen Schaufelarm hatte er angriffslustig nach vorne ausgefahren, traf er damit ihr Haus, wäre es um es geschehen.

„Warum drosselt der seine Geschwindigkeit

nicht?", fragte der Ochsenfrosch alarmiert, und ein blonder Pudel fing an, am ganzen Leibe zu zittern.

Offensichtlich hatte es der Seniorenbetrugstrust List und Tücke auch auf ihr Häuschen abgesehen, wahrscheinlich wegen des großen Grundstückes in Alleinlage!

„Stutz, tu was. Das Ding steuert direkt auf uns zu. UNGEBREMST!"

Der Hofhund Anatol, dickster Bullterrier seines Zeichens, kam herangeschlappt und zog seine lange Kette hinter sich her. Er hatte sich bis auf den heutigen Tag nicht von ihr trennen können, nicht für Gott, einen guten Knochen oder gute Worte, und schleppte sie mit sich, wie andere Leute ihre Orden. Anatol rieb sich an Susus Bein und sabberte alles voll, er tat das oft, weil er von Susu öfter eine Leckerei zugesteckt bekam und diesem deshalb kaum einmal von den Fersen wich. Stutz besah sich die beiden und nach kurzem Stutzen nahm eine Idee in seinem Kopf Gestalt an.

„Bringt euch alle in Sicherheit, Freunde. O-Opa schwing dich auf das Tretoped und strampel, was das Zeug hält! Wir brauchen Strom!" Kurz beugte sich Stutz zu Anatol hinab und sagte zu ihm:

„Hör zu. Ich brauch kurz deine Kette. Du bekommst sie wieder. In Ordnung?"

Anatol schaute ihn tränenden Auges an und drückte zur Bestätigung seinen dicken Kopf an Stutz. Mit schneller Hand löste Stutz die Kette vom Halsband des Hundes und drehte sich zu dem herannahenden stählernen Monstrum um.

Das näherte sich mit ohrenbetäubenden Krach und Getöse. Unaufhaltsam, unerbittlich.

Die anderen stoben auseinander und suchten das Weite, der Alte bestieg das Sommerwindundblasorchester und pedalierte, dass seine alten Knochen nur so knackten. Ein Wind zog nun durch den Garten und ein vielstimmiges Blasgedröhn erscholl, das Haus begann zu blinken und zu blitzen, selbst die Tranfunzeln ließen sich von der allgemeinen Erleuchtung anstecken und blakten tapfer vor sich hin. Der E-Herd bullerte, der staubige Kronleuchter in der guten Stube glitzerte in seiner kristallenen Schönheit, der Bagger kam näher und näher und Stutz ließ die Eisenkette von Anatol über seinem Kopf wie ein Lasso rotieren, dann schleuderte er sie dem Abrissungetüm in das Kettenrad. Es knirschte und ruckelte und die Kette biss sich fest.

Leider walzte sich der Bagger weiter Richtung Haus und damit zu dem vermutlichen Ort seiner Zerstörungsabsicht. Doch Stutz war noch nicht fertig! Mit dem losen Ende der Kette lief Stutz in Windeseile zum hauseigenen Transformator und schloss die Kette mit Hilfe einer sehr gut isolierten Zange an den Stromkreis an. So wie der Kontakt geschlossen war, gab es einen ungeheuren Rumms, sämtliche Lichter und auch der E-Herd gingen aus und Stille trat ein. Gespenstische Stille, ohne Blasmusik, aber auch ohne Motorenlärm. Stutz hatte erfolgreich einen Kurzschluss produziert.

Der Bagger war außer Gefecht gesetzt. Langsam und vorsichtig lugten die Tiere und auch

Susu, Fin und der Alte um die Ecke auf den Vorplatz. Der Bagger stand da, als hätte er plötzlich vergessen, was er überhaupt tun wollte und es fiel ihm auch nicht mehr ein, seine Elektrik war nämlich hinüber. Jedenfalls fürs erste. Die Hausbewohner näherten sich dem Baugetüm und umschlichen es mit argwöhnischen Blicken. Wo war eigentlich der Baggerfahrer? Jeder anständige Bagger hatte doch einen dazugehörigen Fahrer mit Bauhelm, Sicherheitsschuhen und Blaumann. Dieser jedoch nicht. Es saß überhaupt niemand in dem Führerhäuschen. Stutz wollte der Sache auf den Grund gehen und kletterte in den Führerstand.

Tatsächlich, niemand da. Dafür war aber etwas anderes installiert worden. Eine Fernbedienung. Das Ding war von woanders und von jemand anderen gesteuert worden. Zielgenau auf ihr Zuhause und in übler Absicht! Gemeine Schufte die! Stutz packte ein heiliger Zorn! Mit Gewalt riss er die Fernsteuerung heraus und stellte mit wenigen Handgriffen den Bagger wieder auf Hand- und Fußbetrieb um. Dann kletterte er wieder hinab und löste die Kette aus dem Rad. Susu hatte eine große Zange angeschleppt, sodass sie die Kettenglieder auseinanderbiegen konnten.

„Da hat es jemand auf uns abgesehen", ließ sich der von dem Tretoped abgestiegene Alte vernehmen.

„Ich weiß auch wer", zischte Stutz durch seine zusammengebissenen Zähne.

„Das müssen die gleichen gewesen sein, die auch Mme Perrier und die Tiere und wer weiß wen noch gekidnappt haben", fiepte Fin aufgeregt und schwankte bedenklich auf seinen verdrehten Füßen.

„Wenn ich geben darf eppes zu bedenken", meldete sich der Nacktpapagei. „Seltsame Dings tun sich in unserem Städele und keene gute. Mir werden nicht kumme umhin, dene Omnibus zu folgen und Klorhejt in die Supp ze bringe."

Alle nickten begeistert, nur der Ochsenfrosch maulte und fragte, ob er unbedingt mitkommen müsse. Er hätte Winde im Bauch und fühle sich unpässlich. Aber es hörte keiner auf ihn und so beschloss er seufzend, dann eben mitzukommen. Verdammte Bagage, keine Ruhe hatte man hier! Es blieb nur noch zu klären, wie man die nicht ganz unerhebliche Strecke zurücklegen wollte. Zu Fuß, selbst wenn man vier davon hatte, würde es mindestens zwei Stunden bis vor die Stadt dauern. Eindeutig zu lang.

Alle Blicke wanderten wieder zu Stutz, mit dem einen stummen Wunsch in den Augen, sich etwas einfallen zu lassen. Stutz überlegte, kratzte sich am Kopf und klappte kurzentschlossen die Motorhaube auf, er beugte sich tief hinein, so dass er fast ganz darin verschwand. Susu assistierte ihm und reichte ihm die gewünschten Werkzeuge „Lötkolben", „Pinzette", „Tesafilm", „Lüsterklemme", „Kaugummi" , „Schraubenzieher" erscholl es aus dem Motorraum und nach kurzer Zeit tauchte Stutz mit einem zufriedenen Lächeln auf dem Gesicht aus den Tiefen des Maschinenraums wieder auf.

„So, das hätten wir. Alle einsteigen, bitte!"

Das ließen sich die Tiere nicht zweimal sagen,

die einen kamen über einen eleganten Hecht-
sprung, auch wenn es Katzen und Hunde
waren, auf dem Bagger zu sitzen, die stummel-
beinigeren unter ihnen benutzten sich gegenseitig als Steighilfe, Anatol nahm sein Pudu kurzerhand am Schlafittchen und mit viel Gemaunze, Geflatter und Gebell eroberten sie schließlich
alle den Bagger. Ochsenfrosch und der alte
Leguan hatten vorne in der Schaufel in der
ersten Reihe Platz genommen. Ein Ehrenplatz
wie er den ganz alten Geschöpfen der Evolu-
tionsgeschichte ja auch zustand.

„Stopp!",rief da auf einmal der Alte. Alle sahen
ihn erschrocken an.

„Vielleicht sollten wir die Telefiktionskugel
noch mitnehmen, damit wir wissen, was gespielt
wird!"

Die Tiere nickten zustimmend und der alte
Leguan rutschte etwas ungelenk aus der
Baggerschaufel und watschelte, so schnell er
konnte, zurück ins Haus. Nach einiger Zeit kam
er mit seiner Kugel zurück, er hatte danach
suchen müssen – er versteckte sie immer so gut
vor den anderen, dass er selber Mühe hatte,
sich an seine Verstecke zu erinnern. Aber jetzt
war sie da und wurde vorsichtig in die Schaufel
gehoben, der Leguan hangelte sich hinterher
und schaltete sie an. Leider war der Empfang
nicht der beste (Funkloch?), so dass sie außer
einem Schneebild wenig erkennen konnten. Der
Leguan drehte und wendete die Kugel, bis er die
richtige Position gefunden zu haben schien.

„Was siehst du?", wollte Susu wissen. Leguan
schaute angestrengt in seine Kugel und ver-

suchte, etwas zu erkennen. „Maschinen und ...
äh, Hackmesser, Tiere!"

Ach, du Schreck! Das verhieß nichts Gutes.
„Fahr los, Stutz!", rief der Urgroßvater und
Stutz ließ sich das nicht zweimal sagen.

Nach einigem Stottern und Protzen des Motors
und nicht ganz wenigen Stoßgebeten des Alten
kam der Bagger in Fahrt. Mit leichter Hand, als
hätte er nie etwas anderes gemacht, wendete
Stutz das 600 Pferdestärken gewaltige Gefährt
und steuerte es auf die Landstraße zur Stadt
hinaus.

Das einundzwanzigste Kapitel, in dem man sich das Paradies anders vorgestellt hat und eine Kühlkammer nicht nur für Echsen ungeeignet ist.

Zurück zu Saskio, Petit Four und Tanta Soir. Sie waren ein gutes Stück vorangekommen, auch die Weiche hatten sie passiert und näherten sich gerade einem kleinen Laubwald in dessen Mitte sich das alte, verlassene Gefängnis befand. Etwas weiter rechts davon stand die Konservenfabrik, die offensichtlich in Betrieb war, da es aus ihrem hohen Kamin schlotete. Auch roch es komisch, um nicht zu sagen scheußlich nach irgendetwas Undefinierbarem, Eingekochtem.

„Psst! Wir halten hier im Wald und gehen zu Fuß weiter. Sie müssen uns ja nicht direkt sehen", flüsterte Tante Soir.

Saskio und Mademoiselle Four nickten und wie die Indianer schlichen sie sich vorwärts Richtung Lichtung, auf der sich der alte Knast und die Fabrik befanden. Am Rande der Lichtung duckten sie sich hinter einen großen Busch.

„Da steht der Bus mit dem Anhänger", wisperte Petit Four, „aber er scheint verlassen zu sein. Man hört gar nichts."

Die drei lauschten angestrengt, aber man hörte tatsächlich keinen Mucks. Entweder es hatte allen die Sprache verschlagen, bei den Tieren eigentlich undenkbar, da die immer irgendetwas palaverten, oder sie waren verschwunden. Aber wohin?

„Sollen wir uns aufteilen? Zwei untersuchen den Gefängnisbau und einer schleicht sich in die Fabrik?", fragte Saskio.

„Ein gefährlicher Plan", gab Soir zu bedenken.

Die drei schwiegen. Was sollten sie tun?

„Wenn wir getrennt losgehen, haben wir immerhin die Chance, dass wir nicht gleich alle drei erwischt werden, und wir können versuchen, uns dann irgendwie gegenseitig zu retten", flüsterte Mademoiselle Four.

„Ja, du hast recht", sagte Saskio, auch Soir nickte nach einigem Zögern. „Wir geben uns eine halbe Stunde. Dann treffen wir uns wieder hier und besprechen unser weiteres Vorgehen. Einverstanden?", fragte das älteste aller Urenkelkinder, die anderen beiden nickten. Sie beschlossen, dass Saskio und Petit Four das Gefängnis erkunden sollten und Tante Soir die Fabrik.

Zuerst machten sich Saskio und Mademoiselle Four auf den Weg. Gebückt liefen sie im Schutze des Buschwerkes Richtung Nebeneingang des Gefängnisses, den sie seitlich des Gebäudes vermuteten. Als sie außer Sicht waren, machte sich Soir auf. Immer noch war keine Menschenseele zu erblicken. Alles lag wie ausgestorben. Vorsichtig überquerte sie den Freiplatz und schlich zum Bus. Er war offen. ‚Ich will doch mal sehen, ob wirklich keiner mehr da ist', dachte sie und spähte in den Anhänger. Tatsächlich – leer. Nur ein paar Federchen lagen noch auf dem Boden und ein abgerissenes Hundehalsband. Was war mit den Tieren geschehen? Dann bestieg sie den

Bus. Viele Menschen mussten hier gesessen und dann den Bus auch Hals über Kopf wieder verlassen haben, den Hinterlassenschaften nach zu urteilen. Vergessene Spazierstöcke, zerschlissene Fächer, ein Riechsalzfläschchen und allerhand andere kleine Reisenecessaires lagen verstreut auf den Sitzen und am Boden. Nach einer fröhlichen Reisegesellschaft sah das nicht aus!

Soir wurde immer besorgter. Was war hier geschehen? Sie musste Klarheit gewinnen. Unauffällig drückte sie sich im Schatten der Bäume Richtung Fabrik, jetzt war es ein Vorteil, dass sie ihren schwarzen Habit aus dem Kloster immer noch trug, sie verschwand so fast ganz im Schatten des Wäldchens. Auch Soir hielt es für angebrachter, nach einem Seiteneingang Ausschau zu halten, als das Haupttor zu passieren. Aus der Konservenfabrik drangen laute Maschinengeräusche. Ein Klappern, Rotieren und Zischen. Sie ging den Geräuschen nach und fand einen Nebeneingang. Glücklicherweise unverschlossen! Sie drückte sich hinein und fand sich in einer ungeheuren Werkshalle wieder. Riesige Kessel aus Edelstahl blitzten ihr entgegen. Unzähligen Leitungen, Förderbändern, Klappen, Rutschen und Rohre bildeten ein vielfach verschlungenes Maschinenmonster. Es klapperte und rappelte. Unaufhörlich! Und – oh Schreck – Häcksler und Fleischwölfe bleckten ihre messerscharfen Eisenzähne aus schwarzen Schlünden mit der Aufschrift „Eindosung" oder „Fill in". Das verhieß nichts Gutes!

Etwas weiter hinten entdeckte sie eine Apparatur, aus der das Dosenfutter ausgespuckt wurde, fix und fertig mit einem freundlichen Aufkleber versehen, wahlweise mit einer grinsenden Katze „Von Pussy – für Pussy" oder einem hechelnden Hund mit einem „Bello schmeckt's" - Slogan. Oder stand da etwa „Bello schmeckt"? Da sie ihre Brille – sie war kurzsichtig – vergessen hatte, konnte sie es nicht so ganz entziffern. Glücklicherweise schien die Fabrik zur Zeit im Leerlauf zu arbeiten. Die Bänder transportierten nichts und auch die Mahlwerke und Fleischwölfe liefen leer. Mitarbeiter ließen sich auch keine blicken, oder hatte sie keine? War alles vollautomatisch? ‚Irgendwo müssen die Tiere und die Alten doch sein', überlegte Soir und schlich sich weiter in den rückwärtigen Teil des Gebäudes. Und da – da war etwas. Sie hatte etwas gehört. Ein ganz, ganz feines Winseln. Von woher kam das?

Sie drehte sich einmal um ihre eigene Achse und entdeckte eine große Stahltür. Von dort war das Geräusch gekommen. Die Tür war kolossal und ließ einen großen Raum dahinter vermuten. Ein Rad musste gedreht werden, um sie zu öffnen. Soir drehte und drehte und die Tür schwang auf. Eiseskälte empfing sie – offensichtlich handelte es sich um den Kühlraum – und eine bunte Truppe von dicht aneinander gedrängten Hunden, Mäusen, Katzen, Hamstern, Meerschweinchen, Kanarienvögeln und anderen Haustieren. Sie zitterten, ob vor Kälte oder vor Angst war nicht auszumachen, und starrten Soir an. Soir war im ersten Moment sprachlos, dann fasste sie sich:

„In Gottes Namen, was tut ihr hier? Draußen

ist Sommer und ihr sitzt in einer Kühlkammer? Wo sind eure Zweibeiner hingekommen? Was ist hier los?"

Ein etwas steifbeiniger Kurzschwanzwaran löste sich aus dem Haufen und kam schwerfälligen Schrittes – eigentlich bewegte er sich wie in Zeitlupe, ob das an der Kälte lag, die hier herrschte? – auf Soir zu. Der kleine Waran gehört als Echse ja bekanntlich zu den wechselwarmen Tieren. Ihre Körpertemperatur und damit alle ihre Funktionen sind abhängig von der Umgebungstemperatur. Das hat Vorteile in puncto life-work-balance, aber auch entschiedene Nachteile. Wird es kalt, ist es aus mit ihrer Beweglichkeit und auch ihre Blitzgescheitheit verwandelt sich zu einer tiefen, aber doch ziemlich verlangsamten Gedankenschwere. Ein Räuspern, dann öffnete er das Maul und dann nach einer Weile, die Soir wie die halbe Ewigkeit vorkam, kam endlich ein Ton heraus:

„Madame, ... oder darf ich ehrwürdige ...... Schwester Mutter zu Ihnen sagen?"

„Soir reicht."

„Also dann, verehrte Soir, ... man hat uns entführt, mit ...... Mann und ...... Maus sozusagen, und wir .... sehen einer un.......ungewissen, a....ber wahrscheinlich un....unschönen Zukunft ent.....gegen in diesem etwas frischen Frischhalte.......raum", führte der Mini-Waran langsam und offensichtlich etwas bedrückt aus, dabei schlossen sich Ober- und Unterlid ein paar Mal über seinen hervorstehenden Augen, so als wolle er die Welt aussperren. Nicht nur sein Bewegungsapparat, auch sein Gefühlsleben schien ein wenig auf Eis gelegt. Angesichts der heiklen Situation war das vielleicht noch nicht einmal ein Schaden. So behielt wenigstens einer einen kühlen Kopf. ‚Das befürchte ich auch‘, dachte Soir und fragte:

„Wo könnten eure Zweibeiner hingeraten sein und warum seid ihr überhaupt alle hier?"

Wieder öffnete der Waran das Maul, wieder kam erst einmal gar nichts.

Da schaltete sich eine blauäugige Siamkatze ein und erzählte:

„Schon seit einiger Zeit haben unsere Herrchen und Frauchen Besuch von zwei zwielichtigen Herren bekommen. Ich vermute mal Geschäftsleute, so wichtig wie die taten. Dauernd kamen sie mit Bergen von Formularen und Dokumenten daher. Sie versprachen das Blaue vom Himmel. Ich habe alles mitangehört, als ich vor dem Wohnzimmerkamin eingerollt auf meinem Kissen lag. Sie schwatzten meinem Frauchen ihr Haus ab und erhielten volle Prokura über ihre Bankgeschäfte. Im Gegenzug boten sie meiner Menschin ein gesichertes und wohlbehütetes Leben in einem Luxusseniorenstift an. Auch ich sollte dort bei ihr untergebracht werden und es sollte uns an nichts mangeln. Aber Pustekuchen! Offensichtlich war mein Frauchen nicht das einzige Opfer dieser Halunken. Als wir von dem Bus abgeholt wurden, saßen schon sämtliche Mitglieder der Seniorenrugbyliga, der vollständige Club der Hundertjährigen und noch einige andere ältere Semester darin. In den Anhänger wurden die Haustiere, also wir, gequetscht – recht unsanft,

139

wenn ich das anfügen darf. Und schon ging die Reise los. Schnell merkten wir alle, dass hier etwas nicht stimmte. Nach kurzer Fahrt hielten wir mitten im Wald vor einem baufälligen Gebäude und dieser Konservenfabrik. Die alten Herrschaften wurden in die Ruine hereinkomplimentiert, wir in diese Kühlkammer gestoßen. Was jetzt mit unseren Zweibeinern los ist, wissen wir nicht. Was aus uns werden soll, auch nicht."

„Ähem", das war der Waran, „bevor wir etwas unternehmen, bitte ich höflich, die Temperatur etwas hochzuregeln. Meine Kniesteifigkeit bringt mich noch um!"

„Natürlich, entschuldigen Sie!" Soir hatte vor der Tür einen Thermostat entdeckt und schickte sich an, nach draußen zu laufen, um den Thermostat hochzuregeln. Aber sehr weit kam sie nicht. Im Türrahmen hatten sich der dicke Tist und der lange Lücke aufgebaut.

„Sieh einmal einer an! Wen haben wir denn da? Ehrwürdigen Besuch direkt von der Himmelspforte!", höhnte Lücke.

„Oder ist das etwa Satansbrut?", mischte sich Tist feixend ein. „Du hast wohl gedacht, du könntest dich mit den Vierbeinern einfach so mir nichts dir nichts aus dem Staub machen. Daraus wird nichts", damit donnerte Tist mit Wucht die Tür zu. Man hörte noch, wie er draußen das Verschlussrad drehte. Die Tür war verriegelt.

„Damit es euch nicht zu heiß wird, ihr Teufelsbrut, stellen wir die Temperatur mal auf erfrischende 20 Grad Celsius. MINUS! Arrivederci", tönte es noch bösartig von außen, dann hörte man nur noch die sich entfernenden Schritte der beiden Gangster. Sie waren gefangen! Und das auch noch bei arktischen Temperaturen!

„Was sollen wir jetzt tun?", fragte zitternd der kleine Waran.

„Wir werden alle erfrieren", schrie ein Kanari. Die Tiere blickten sich verzweifelt an.

„So schnell geben wir nicht auf, zum Donnerwetter", polterte Soir. „Kommt, wir bilden einen Kreis. Alle, die einen Pelzmantel anhaben, gehen nach außen, die Nackt-und Dünnhäutigen kommen nach innen in den Kreis. Drängt euch dicht aneinander und umarmt euch", rief Soir den Tieren zu.

Sie taten, wie ihnen geheißen und wärmten sich, so gut sie konnten, gegenseitig. Soir thronte in der Mitte. Sie machte sich furchtbare Sorgen. Wie konnte sie sich nur so schnell erwischen lassen? Hatten die Ganoven Mademoiselle Four und Saskio auch schon entdeckt? Was war mit den alten Herrschaften? Was hatten Tist und Lücke als nächstes vor? Wenn ihr nicht schnell etwas einfiel, waren sie alle geliefert. – Aber ihr fiel leider nichts ein.

Im zweiundzwanzigsten Kapitel sind Fremdsprachenkenntnisse von großem Nutzen, trotzdem muss man sich in Geduld üben.

Mademoiselle Four und Saskio hatten sich im Indianerpirschundanschleichgang dem ehemaligen Gefängnis genähert und waren durch eine schief in den Angeln hängende Seitentür in das Gebäude hineingeschlüpft. Es war dämmerig herinnen, bekanntlich sind die Fenster in Gefängnissen ja nicht besonders groß und zudem noch vergittert. Diese hier starrten vor Schmutz und waren quasi blind. Das Dach war stellenweise eingestürzt und überall lag Schutt auf den Böden, diebische Elstern nisteten hier – wahrscheinlich dachten sie, dass es keinen passenderen Platz für ihr Diebesgut gäbe als ein altes Gefängnis. Ihre flaumigen und halbnackten Küken in ihren großen Horsten mussten sich den Platz mit allerhand Flitterkram, Kronkorken und Glasscherben teilen, immerhin eine gute Vorbereitung auf ein Fakirleben, wenn dieses eventuell angestrebt werden sollte.

Das Gefängnis war um einen quadratischen Hof gebaut und die Zellentüren gingen in langen Reihen, drei Stockwerke hoch, von diesem ab. Alle Türen waren geschlossen, irgendjemand hatte die schweren Eisenriegel vorgelegt, auch die in den alten Zellentüren befindlichen Luken waren hochgeklappt. Außer dem Wind, der durch das Dach heulte und dem Geflatter und Gekrächze der Vögel war nichts zu hören. Saskio und Mademoiselle Four wollten sich gerade in eines der oberen Stockwerke begeben, als hinter ihnen ein herrisches „Halt, stehenbleiben!" erscholl. Wie angewurzelt blieben sie stehen und drehten sich langsam um.

„Wen haben wir denn da? Spione? Noch mehr ungebetene Gäste!" Der das gesagt hatte, war Lücke.

„Habe ich es dir nicht gesagt? Wo eine Herumtreiberin zu finden ist, werden noch andere sein", ergänzte hämisch grinsend Tist und fuhr sie an: „Habt ihr die Schilder nicht gesehen? ‚Betreten unter Lebensgefahr strengstens verboten'. Könnt ihr nicht lesen?"

Monsieur Tist funkelte sie aus seinen Schweinsäuglein wütend an und der neben ihm stehende Monsieur Lücke hatte unangenehmerweise eine Pistole auf sie gerichtet.

„Äh, nein. Haben wir nicht", stammelte Saskio.

„Was habt ihr hier zu suchen?", donnerte der dicke Tist.

Mademoiselle Four, der im Moment nichts besseres einfiel und auch just eine elsterliche Flaumfeder von irgendwo ganz oben herabtaumelte, gerade an ihrer Nase vorbei – sie musste niesen, da sie etwas allergisch auf Federn reagierte – beeilte sich zu erklären

„Federn! Wir suchen Federn! Ehem, für meine neue Hutkollektion!".

„Ha", lachte Lücke hämisch auf. „Das könnt ihr eurer Oma erzählen, von deren Sorte wir allerdings ein paar zum Vorrat hier hätten. Oder vielleicht eurer – jetzt ein wenig unterkühlten – Betschwester. Hahaha! Los mitkommen!" Zur

Unterstreichung des Befehls fuchtelte Lücke wild mit seiner Pistole umher.

„Ja, ja, ist schon gut, wir kommen ja", versuchte Saskio zu beschwichtigen.

Die Halunken schoben Mademoiselle Four und Saskio vor sich her, bis sie vor einer zweiflügligen Tür standen. Der dicke Tist kramte umständlich ein ansehnliches Schlüsselbund hervor und schloss auf. Dann bekamen Saskio und Mlle Four einen unsanften Tritt und flogen in den Raum. Die Türen wurden hinter ihnen donnernd zugeworfen und wieder verriegelt und verrammelt. Da standen sie nun und sahen sich angestarrt von der Seniorenrugbymannundfrauschaft, die in voller Montur dastand. Das mit dem Sportdress machten sie immer so. Erstens erübrigte sich damit die tägliche Kleiderfrage, zweitens diente ihnen die Nummer auf dem Rücken als Gedächtnisstütze zur Klärung der Frage, wer und was sie waren und drittens fanden sie, dass besonders die Kniestrümpfe ihre etwas spirrigen Haxen gut zur Geltung brachten. Kleine Eitelkeiten waren ja schon noch erlaubt! Des Weiteren sahen sich Mademoiselle Four und Saskio allen Mitgliedern des Clubs der Hundertjährigen, einigen anderen älteren Herrschaften und ... Madame Perrier gegenüber! Nach Cécile Zementry hielt Saskio allerdings vergeblich Ausschau. Sie war offenbar nicht dabei. Sollte sie noch ahnungslos und unversehrt in ihrem Wohnwagen am Fischmarkt sitzen, während hier die Hölle los war?

Madame Perrier fand zuerst ihre Sprache wieder und fiel Petit Four um den Hals, erleichtert sagte sie:

„Mon Dieu, ihr seid 's. Ihr habt uns gefunden, wie auch immer ihr das angestellt habt! Himmel, bin ich froh, euch zu sehen. Wir sitzen ziemlich in der Patsche. Die Spitzbuben Tist und Lücke haben uns alle betrogen, uns hierhergebracht und halten uns jetzt fest. Was sie mit uns vorhaben, haben sie nicht verraten. Aber wahrscheinlich nichts Gutes!"

Der Kapitän der Rugbymannundfrauschaft, Monsieur Donnér, meldete sich und knurrte:

„Wahrscheinlich wollen sie uns hier verrotten lassen. Keiner hört und sieht uns hier und vermissen tut uns wahrscheinlich auch keiner." Mit letzterer Bemerkung sollte er sich allerdings glücklicherweise geirrt haben.

„Hilfe ist unterwegs. Fin ist nach Hause gelaufen, um Verstärkung zu holen. Bestimmt sind sie schon unterwegs hierher", sagte Saskio.

„Trotzdem können wir hier nicht tatenlos herumsitzen und auf bessere Tage warten. Es muss uns etwas einfallen, wir müssen hier raus!", fügte Madame Perrier entschlossen hinzu.

„Wisst ihr zufällig, was mit unseren Tieren passiert ist?", wollte eine alte Dame mit violettschimmernder Dauerwelle wissen, „Mein Hans-Peter braucht dringend seine Jodtabletten." Saskio und Mademoiselle Four schüttelten bedauernd die Köpfe.

„Tante Soir, die mit uns gekommen ist, ist losgezogen, sie zu suchen. Wir vermuten die Tiere immer noch auf dem Gelände hier. Jedenfalls stand der Transportanhänger noch draußen vor der Tür", erzählte Mlle Four.

„Aber nach der Bemerkung des Schurken eben, scheint sie entdeckt worden zu sein. Was meinte er mit ‚unterkühlt'?", ergänzte Saskio bedrückt. Keiner konnte sich einen Reim darauf machen.

Nach dieser Nachricht ging ein Raunen durch den Raum und jeder hing seinen eigenen finsteren Gedanken nach.

„Lasst uns einen Plan schmieden!", forderte Madame Perrier die anderen auf, und langsam rappelten diese sich auf.

„Nach Betrachtung der Lage ist klar, dass wir nicht so ohne weiteres türmen können. Dieser Raum hat nur ein winziges und auch noch vergittertes Fenster", meldete sich ein älteres Fräulein mit einem Zwicker auf der Nase.

„Was aber nicht mehr lange die Sicht versperren wird", sprach ein hünenhafter Greis aus der Rugbymannundfrauschaft, packte sich seinen Gehstock und zerdepperte mit einem gezielten und sehr kräftigen Schlag die Fensterscheibe. Jetzt war immerhin schon einmal für Frischluft gesorgt und das Zwitschern der Vögel draußen konnten sie auch wieder vernehmen, was die Laune der alten Leutchen merklich aufhellte und ihren Widerstandsgeist weiter stärkte.

Genau das brachte Madame Perrier auf eine Idee und erinnerte sie an eine besondere Fertigkeit. Saskio hatte im Moment den gleichen Gedanken!

„Madame Perrier, sprechen Sie die Sprache aller Vögel?", fragte Sasa.

„Leider nicht aller. Die der tropischen Singvögel sind mir weitgehend unbekannt und ich beherrsche auch nicht die aller einheimischen", erwiderte sie.

Aufgeregt fragte Petit Four, die ahnte, worauf Saskio hinauswollte, „Sprichst du vielleicht die Sprache der Elstern, der diebischen?"

„Ja, Elsterlisch kann ich schon, wenn vielleicht auch nicht ganz perfekt. Die diebischen Elstern sprechen nur einen Dialekt davon. Das sollte kein Problem sein", bestätigte Madame Perrier.

„Dann wissen wir ja, was zu tun ist", sagte Petit Four hoffnungsvoll.

Ein knappes „Ja" von Madame Perrier, dann begab sie sich zu dem Fensterchen und krächzte und zeterte, als hätte sie schon immer fließend Elsterlich gesprochen.

Es dauerte nicht lange und zwei diebische Elstern hatten sich draußen auf dem Fensterbrett niedergelassen und waren in ein angeregtes Gespräch mit ihr verwickelt. Die Umstehenden staunten, verstanden kein Wort, drehten immer nur ihre Köpfe von links nach rechts und wieder zurück, je nachdem, wer gerade von den dreien elsterte. Nach kurzer Zeit schienen sie sich einig geworden zu sein, die beiden schwarz-weißen Vögel nickten noch einmal und hoben dann ab. Die Alten bestürmten Madame Perrier:

„Was hast du gesagt?", „Was haben sie gesagt?", „Wie ist denn nun der Plan?", alle schrien und riefen durcheinander.

„Ruhe", rief Madame Perrier und fuhr dann fort, „Die Vögel sagten mir, dass sie die beiden

Verbrecher schon eine ganze Zeit lang beobachten. Der ganze Knast ist belegt mit alten Leuten ..."

Ein Ruf der Empörung ging durch die Reihen. „Diese Schurken!", „Gesindel!", „Kriminelle Subjekte!", „Einsperren muss man das Pack!" „Ja, am besten in ihr eigenes ‚Seniorenstift'!", die alten Leute regten sich wahnsinnig auf und sannen auf Rache.

„Weiter, Madame Perrier, reden Sie weiter", schaltete sich Saskio wieder ein. Die fuhr fort: „Ich habe jetzt mit den Elstern verabredet, dass sie dem dicken Tist das Schlüsselbund entwenden. Er legt es immer neben sich auf den Tisch, wenn er sich im Innenhof durch seinen Berg Butterbrote frisst. Wahrscheinlich drückt es ihn gegen seinen Wams, wenn er sitzt. Die Elstern werden uns die Schlüssel bringen und wir können dann hier aufschließen und die Mistkerle überwältigen."

So weit, so gut, alle waren begeistert. Man war sich einig, dass man noch etwas warten wolle, bis sich die Ganoven auf ihre Pritschen gelegt hatten. Ein Problem blieb die Pistole der Halunken. Dafür hatten sie noch keine Lösung. Aber man konnte nicht zu lange warten, da das Schicksal der Tiere und Tante Soirs nach wie vor im Ungewissen lag, man musste handeln. Gutes Timing war jetzt vonnöten!

Ungeduldig hatte sich die Seniorenliga um das Fenster gedrängt und erwartete sehnsüchtig die Elstern. Die Zeit verrann und ihre Sorge wuchs. Um sich selbst, um ihre Tiere. Es war zum Aus-der-Haut-fahren, aber es half nichts, sie mussten hier ausharren und notgedrungen Däumchen drehen, Patiencen legen oder Kreuzworträtsel lösen, von denen sich noch ein paar in den Taschen fanden.

Dann – endlich – kam ein Rauschen vom Himmel und eine diebische Elster setzte sich auf die Fensterbank in ihren Krallen ein dickes Schlüsselbund! Ja! Sie hatte es geschafft! Am liebsten hätten sie den Vogel umarmt und geküsst, aber der lehnte solche Sympathiebezeugungen ab. Er war ein Vogel und kein Affe! Madame Perrier und die Elster besprachen sich noch etwas, dann nickten sie sich zu und die Elster schwirrte wieder ab.

„So, das wäre schon einmal geschafft. Jetzt heißt es noch etwas warten."

„Aber für wie lange noch?", wollte der Vorsitzende des Clubs der Hundertjährigen aus verständlichen Gründen wissen.

„Ich habe mit der Elster vereinbart, dass sie mir sofort Bescheid gibt, wenn sich da draußen etwas Ungewöhnliches tut. Das ist dann für uns das Zeichen des Ausbruchs", antwortete Madame Perrier.

Dann blieb ihnen also jetzt nichts anderes übrig, als sich erst einmal in Geduld zu üben.

Das dreiundzwanzigste Kapitel, in dem zwei alte Bekannte ausgetrickst werden und Südindien ein wunderbares Reiseziel ist.

Indessen hatten Stutz, der Alte, die Kinder und der versammelte Kleintierzoo schon eine weite Strecke mit dem Bagger zurückgelegt und näherten sich jetzt mit Getöse dem Wäldchen. „Leggi, was siehst du?", wollte Stutz ein um das andere Mal wissen. Der Leguan äugte mit stoischem Gesichtsausdruck in seine Telefernundfiktionskugel und murmelte

„Wald. - Wald und nochmal Wald. Ah, jetzt. Ein großes Gebäude. Es ist etwas ramponiert. Und – oh. Madame Perrier und Saskio und – oh ja! Mademoiselle Four. Aber – iieh! Sie scheinen in Schwierigkeiten zu sein. Sie sind – eingesperrt in einer Zelle! Und – oh je – Tante Soir und die Tiere. Was tun sie da? Sie tanzen im Kreis – in einer – in einer – oh – einer Kühlkammer!"

Stutz gab noch etwas mehr Gas und holte aus dem Bagger raus, was nur ging. Dem Ochsenfrosch wurde etwas mulmig zumute, je näher sie ihrem Einsatzort kamen und er mahnte ununterbrochen zur Vorsicht.

„Laaangsam!", „Achtung!", „Vor-vor-vorsicht!", rief er zum wiederholten Male, aber Stutz ließ sich davon nicht beeindrucken, und die anderen hörten ihm gar nicht zu. Eine Elster hatte sie eine Zeit lang begleitet, war jetzt aber abgedreht und pfeilschnell Richtung Gefängnisruine in gerader Linie davongeflogen.

Sie erreichten die Lichtung, stoppten den Bagger, ließen aber den dröhnenden Motor laufen. Kaum bewegte sich der Bagger nicht mehr, war Fin schon heruntergeklettert und hatte sich in die Büsche geschlagen. Der Alte wollte ihn noch zurückhalten, aber – zu spät. Er war schon auf und davon. Er musste Soir finden und sie und die Tiere retten. Er rannte so schnell er konnte und erreichte die Konservenfabrik. Irgendetwas sagte ihm, dass die Kühlkammer hier drin sein musste. Eine Seitentür stand auf und er verschwand im Innern des Gebäudes. Unterdessen hupte Stutz wie ein Wilder, die Tiere stimmten ein ohrenbetäubendes Geschrei an. Hier musste es sein, wenn man der Telekugel des Leguans Glauben schenken durfte. Und tatsächlich! Es dauerte nicht lange und Tist und Lücke stürmten zum Haupttor hinaus. Der eine schluckte noch schwer an seinem Leberwurstbrot, das er sich noch schnell ins Maul gestopft hatte, Lücke lud während des Laufens die Pistole durch. ‚Gut, dass er die Feuerwaffe an sich genommen hatte. Der dicke Tist schoss ja sowieso jedes Mal daneben! Er hatte es schon immer gewusst, der war zu nichts zu gebrauche‘, dachte Lücke wütend. Angesichts des Baumonstrums unmittelbar vor ihnen blieben sie wie angewurzelt stehen. Doch Lücke fackelte nicht lange. Er eröffnete augenblicklich das Feuer. Die blauen Bohnen schossen an den Tieren vorbei und peitschten nur so durch die Luft.

„Zieht die Köpfe ein und haltet euch fest", rief Stutz den Tieren zu, die das auch schleunigst taten.

Stutz fuhr die Baggerschaufel hoch, sodass sie wie ein Schild nach oben ragte. Die Pistolenkugeln prallten daran ab und gruben sich als Querschläger in den Waldboden. Erdbrocken flogen durch die Gegend, der Kleintierzoo jaulte, und der Alte blies ununterbrochen zum Angriff! Lücke feuerte wie wild, Tist kreischte.

Stutz legte den Gang ein und rollte langsam auf die beiden zu. Als die beiden einsahen, dass sie gegen das Baumonster nichts ausrichten konnten, blickten sie sich panisch um, entdeckten aber zu ihrem Schrecken, dass die in Gewahrsam geglaubte OmaundOpabande mit allerhand Gehstöcken und Stricknadeln bewaffnet bedrohlich auf sie zurückte, von dem Aufmarsch der Seniorenrugbymannschaft mal ganz zu schweigen. Ein Blick nach rechts verhieß ebenfalls nichts Gutes! Eine Meute von wildgewordenen Kläffern, auf Rache sinnende Katzen, hysterisch kreischendem Federvieh und anderen martialisch anmutenden Geschöpfen aus Gottes großem Garten, angeführt von einem kleinen Jungen (Fin hatte es geschafft!) und einer riesigen Nonne mit wehender Flügelhaube, kam schnaubend auf sie zu. Und da! Da bewegte sich etwas mit Überschallgeschwindigkeit über die Lichtung und kam direkt auf sie zu! Ein Kugelblitz?

„Aus dem Weg! Wir können nicht bremsen! Achtung!", kreischte es aus dem wirbelnden Etwas.

Das wildgewordene Riesenrad hielt direkt auf Tist und Lücke zu. Denen blieb nichts anderes übrig als auf dem Absatz kehrtzumachen und die Flucht zu ergreifen, das rotierende Rad immer dicht auf den Fersen. Dreimal waren sie schon um den Platz gerannt. Der dicke Tist schnaufte und japste, er war einem Herzinfarkt nahe. Lücke war von besserer Kondition, aber auch ihm ging langsam die Luft aus. Er wagte einen kurzen Blick zurück, das Riesenrad war gefährlich nah hinter ihnen und es würde nicht mehr lange dauern, dann hätte es sie eingeholt und überrollt. Und so war es auch! Das Rad wirbelte über sie hinweg und riss sie mit sich. Mehrmals rotierten sie um sich selbst und sahen sich schließlich, als die wilde Fahrt sich verlangsamte und schließlich endete, eingewickelt in ein dickes, grünfleckiges Tau. Sie konnten kaum atmen, geschweige denn sich auch nur einen Millimeter bewegen. Was sie im Übrigen auch nicht gewagt hätten, da sie von einer riesigen Anakonda angelispelt wurden, die sie genauestens ins Visier nahm. Das vermeintliche Tau war kein Tau, sondern eine Riesenschlange! Lücke traf fast der Schlag, Tist war einem Kollaps nahe. Hinter ihnen klopfte sich eine betagte Dame den Staub von den Knien und tätschelte der Boa den Kopf.

„Annilein, du hast dich wieder einmal selbst übertroffen. Eine 1 A-Spindel bist du gefahren und die beiden Satansbraten sind fertig für den Spieß!"

Die Anakonda kicherte. Tist und Lücke sank das Herz in die Hose.

Indessen formierte sich die Rugbymannundfrauschaft und nahm Aufstellung an. „Reihe schließen, nach vorne drücken!", schrie Monsieur Donnér, der Mannschaftskapitän. Lücke und Tist schrien gleichzeitig und wenn sie nicht so gut verschnürt gewesen wären, hätte man sie sicher winselnd am Boden gesehen.

„Gnade! Habt Mitleid! Wir sind ab jetzt auch ganz brav!", flehten sie.

Lücke sah ob der Übermacht der wild entschlossenen Ballsporttruppe und der bis an die Zähne bewaffneten Altenliga keine Möglichkeit mehr für einen glimpflichen Ausgang. Widerstand war zwecklos und ja auch unmöglich und so jaulte er:

„Ihr tut mir Unrecht. Ich wollte nur das Beste. Ein goldenes Seniorenheim mit allem Komfort und für die lieben Tierchen eine Verwöhnkur."

Die lieben Tierchen näherten sich vor Empörung knurrend, krächzend, fauchend und zischelnd.

„Lügen tun sie auch noch, das Gesindel!" Die Tiere hatten wirklich richtig schlechte Laune! „Nieder mit den Schurken!", „Kein Erbarmen für Erbarmungslose!", „Macht Hackfleisch aus ihnen!", so erschollen die Rufe der aufgebrachten Tiere. Anastasia zischte den Halunken zu: „Ich habe euch zum Fressen gern", die beiden erschraken zu Tode und wollten sich befreien. Das ging aber nicht mehr. Die Riesenschlange hatte sie verschnürt wie ein Postpaket. Die anderen Tiere gedachten, die beiden der Konservenfabrik zuzuführen, doch Tante Soir und auch die zweibeinige Besatzung des Baggers, der versammelte Altenclub, Mademoiselle Four und Saskio waren nicht einverstanden.

„Wir sind keine Mörder, wie diese beiden dort", rief Soir mit Stentorstimme und der Alte fügte hinzu:

„Die sollen ihre Lektion anders lernen."

„Und wie?", wollte ein Goldhamster wissen und „Können die überhaupt lernen, diese Baupfosten! Ich habe da Zweifel", ließ sich der Leguan vernehmen.

Da meldete sich der Nacktpapagei:

„Nejn, nejn, was fü en helisch Sach. De Zores wird nich klejner nich, wenn man noch mehr Zores veronstolten tut. De Lejt müssen ob de Rijs gejen, do kinne sej wat lernen un ham bej ihrer Rückkunft viellecht mer Farnunftigkajt."

„Dagegen!", meldete sich umgehend der Ochsenfrosch „Zurückkommen geht gar nicht!". Ausnahmsweise stimmten ihm die anderen bei.

„Also dann schlage ich vor", sprach die herbeigeflatterte Elster, „dass wir den beiden zu einer hübschen Fernreise nach Südindien verhelfen. One-way-Ticket, selbstredend!"

Madame Perrier musste übersetzen und nach einigem Hin und Her wurde man sich einig. Cécile musste ihre ganze Überredungskunst aufwenden, um Anastasia davon zu überzeugen, ihr Mittagsmahl wieder frei zu geben.

„Annilein, die beiden werden dir nur schwer im Magen liegen. Du verträgst solche schweren

Jungs nicht mehr. Und ich muss dann wieder mit der Wärmeflasche und dem Brennnesseltee kommen. Das willst du doch nicht!"

Seufzend entrollte sich die Riesenschlange und gab die beiden Rollschinken wieder her. Cécile atmete erleichtert auf und Tist und Lücke schnauften erlöst durch. Anastasia, die den beiden nicht über den Weg traute, hielt sie fest im Blick und umschlängelte sie weiter, damit sie nicht auf dumme Ausbrechergedanken kämen. Angesichts der tierischen Übermacht und der menschlichen Entschlossenheit, der sie sich gegenübersahen, machten sie glücklicherweise auch keine Anstalten mehr in diese Richtung.

Die beiden wurden ohne viel Federlesens in einen großen Versandkarton nach Übersee/Südindien/Destination Mumbai verfrachtet und zu den anderen Auslieferungssendungen gestellt. Susu schrieb noch schnell „Handle with care!" und „Bitte nicht stürzen" darauf, auch bohrte er noch einige Luftlöcher in die Seitenwände. „Verdient haben sie es nicht", moserte der Ochsenfrosch vor sich hin. Ein Zugvogel sollte Jahre später erzählen, wie er im fernen Mumbai zwei toastbrotgesichtige Europäer beobachtet habe, die verzweifelt versuchten, eine Meute Haushunde spazieren zu führen, sich dabei dauernd in den Leinen verhedderten und sich gegenseitig ununterbrochen beschimpften. Ein trauriges Paar! Ob es sich dabei aber um unsere zwei Delinquenten handelte, ist nicht sicher, möglich wäre es aber schon.

Nachdem die beiden Schurken sicher verschnürt waren, fielen sich alle vor Erleichterung und Freude über die Rettung um den Hals. Das war ja gerade noch einmal gutgegangen. Sasa fragte Cécile Zementry, wie es komme, dass sie mit Anastasia von der ganzen Sache Wind bekommen habe. Ob man ihren Wohnwagen auch dem Erdboden habe gleich machen wollen?

„Nein, das war es nicht", erwiderte Zementry. „Auf meinen alten Karren hatten sie es nicht abgesehen. Der Grund, auf dem er steht, gehört mir ja auch gar nicht, sondern der Stadt. Das hätte sich für Tist und Lücke nicht gelohnt. Aber Annilein hat ein Gespräch der an den langen Fäden vorbeifliegenden Jungspinnen aufgeschnappt. Die kommen ja zur Zeit weit herum und haben gesehen, wie meine Sportkollegen von der Rugbymannschaft und offensichtlich noch einige andere von dem bösen Lücke und seinem dicken Kumpan entführt worden sind. Die Achtbeiner waren so gut, uns noch eure genaue Position eingewebt in ein Spinnennetz zu übermitteln. Dann haben wir uns schleunigst auf den Weg gemacht und es ja noch in letzter Sekunde hierher geschafft – Annilein sei Dank!"

Bei diesem letzten Satz kitzelte sie die herbeigeschlängelte Anastasia liebevoll unter deren großen Kopf. Saskio überwand sich und legte seine Hand zum Dank auf das kühle Schuppenkleid der Anakonda, die nahm diese Geste mit einem Kopfnicken huldvoll, aber wortlos entgegen. Dann umarmte Saskio Cécile und sagte:

„Du bist die schnellste Rhönradfahrerin der Welt und Annilein die beste Rhönradriesenschlange der Welt!"

„Auch die einzige", zischte Anastasia da leise, doch in der allgemeinen Aufbruchsstimmung hatte das niemand gehört.

„Kann einer von euch einen Bus fahren?", fragte der Alte und Saskio nickte mit dem Kopf. Der Urgroßvater wunderte sich wieder einmal über seinen Urenkel, der Dinge konnte, von denen er überhaupt nichts geahnt hatte. In Zukunft wolle er doch noch ein bisschen genauer auf die Bande aufpassen.

„Alle einsteigen!", riefen Saskio und Madame Perrier und so bestiegen die Alten den Bus – Gott sei Dank war so ein englischer Doppelstocker ein ziemlich großer Bus, und so hatten auch die inzwischen befreiten anderen Senioren aus dem Gefängnis alle noch einen Sitzplatz. Die Tiere nahmen wahlweise auf dem Schoß ihrer Herrchen und Frauchen Platz oder bequemten sich, wenn auch etwas widerwillig, wieder in den Anhänger. Die Reise war ja nicht lang! Der Bagger bevölkerte sich erneut, nur Tante Soir und Fin zogen es vor, zu Fuß nach Hause zu gehen. Sie wollten sich etwas beruhigen nach den Aufregungen und was gab es da Besseres als einen ausgedehnten Spaziergang?

Fin saß auf Soirs Schultern und wurde von ihr nach Hause getragen. Für sie war das kein Problem, da sie nicht nur die Statur, sondern auch die Kräfte einer Riesin hatte.

„Da hast du uns ja gerade noch rechtzeitig gefunden, Fin. Woher wusstest du, wo wir sind?", wollte Soir wissen.

„Ich wusste es gar nicht. Aber die Telekugel hatte eine Kühlkammer mit dir und den Tieren

gezeigt, da dachte ich mir, dass ihr in der Konservenfabrik gelandet seid. Der Weg zur Kühlkammer war ausgeschildert."

„Du kannst lesen?", staunte Soir.

„Wenn es sein muss schon", gab Fin etwas
rätselvoll zu und Soir beschloss im Stillen, sich
das zu merken, für das nächste Mal, wenn sie
die winzige Schrift auf dem Beipackzettel ihrer
Gesundheitsteemischung wieder nicht entziffern
konnte.

„Der Rest war dann nicht mehr schwer", fügte
Fin noch an.

„Also, dich hat wirklich der Himmel geschickt.
– Halt dich nur gut an meiner Haube fest, sonst
fällst du mir noch runter und das hätte mir
nach dem ganzen Zirkus hier gerade noch gefehlt!"

„Ja, ja, mach ich, Tante Soir."

Nach einiger Zeit des Schweigens setzte Fin
noch einmal an.

„Bleibst du zum Abendessen?", fragte er, so
als wäre es ihm eigentlich schnurzpiepegal, ob
sie bliebe oder nicht.

„Was gibt es denn, oder soll ich kochen?", kam
es von unten zurück.

„Äh? Nei-nein, danke. Bloß nicht!", rief Fin
entsetzt.

Soirs Haferschleimsuppe war nämlich weitum
berüchtigt und auch berühmt wegen ihrer,
sagen wir einmal, Unbeschreiblichkeit. Ein
anderes Rezept kannte sie leider nicht, oder
konnte es sich zum Teufel komm heraus einfach
nicht merken und brachte immer alles durcheinander. Im Ergebnis war dann alles von unbe-

stimmbarer Farbe und Konsistenz und zweifellos ungenießbar. Jeder bekam lange Zähne davon, und sie musste es den Tieren vorsetzen, die es aber auch nicht wollten und das will schon was heißen, wo die doch so verfressen waren. Sie konnte also nur Haferschleimsuppe anrühren. Immerhin war tatsächlich nur Wasser und Hafer darin, ungenießbar war sie trotzdem.

„Susu übernimmt das sicher", versicherte Fin eilig und Soir atmete erleichtert auf. Kochen war eben nicht ihre Stärke.

„Dann komme ich gerne mit", bedankte sich Tante Soir, „Ich muss nur daran denken, den Eilzug um 20.56 Uhr noch durchzulassen."

„Ich erinnere dich daran."

„Danke, Fin, das ist lieb von dir."

Damit war das Gespräch vorläufig an sein Ende gekommen und Soir holte weiter mit Riesenschritten aus. Auf nach Hause!

Das vierundzwanzigste Kapitel hält eine Überraschung bereit und Stutz träumt, Tante Soir übernimmt ein Amt und ein Versprechen wird gegeben.

Nachdem alle unter großem Trubel zu Hause hereinmarschiert waren und sich aufatmend in und auf sämtlichen freien Plätzen niedergelassen hatten, als da wären alte Nachttöpfe, Einmachgläser, Uropapas Sofa, das Backrohr, Sessel, Stühle, Regale und Simse, fing erst einmal das große Palaver an. Die Ereignisse des Tages mussten ausführlich besprochen werden und jeder und jedes stellte noch einmal seine Rolle in der Tantenbefreiungsaktion dar. Stutz hatte sich auf das Sofa plumpsen lassen und war binnen Sekunden eingeschlafen. Ein Traum fiel herab, Stutzens Traum:

‚Der Wind frischt auf. Eine Böe. Ein Rauschen von ziemlich weit oben. Eine Gestalt segelt herab. Sie hält einen zerfledderten Regenschirm in der einen Hand – er hat wohl als Ersatzfallschirm mehr schlecht als recht dienen müssen – und in der anderen Hand einen Reisekoffer aus Leder. ‚Habe ich eine Erscheinung und der Erzengel Gabriel ist auf die Erde niedergefahren oder so etwas in der Art', fragt sich Stutz. ‚Aber eigentlich glaube ich doch nicht an solche Dinge. Da steht gar kein Engel im weißen Gewand und Flügeln, sondern eine Frau in gelben Gummistiefeln, Wettermantel und Regenhut auf dem Kopf. Kann das denn sein?' Er schaut genauer hin. Tatsächlich! Er kennt diese Frau. Sie ist es! Auch die anderen schauen sprachlos auf die Frau, die da vom Himmel gefallen ist mitten in ihre Abendgesellschaft. Die Frau spricht. Sie sagt etwas, aber er kann es nicht verstehen. Jetzt wird es etwas deutlicher. „Tja, äh, danke, dass ihr die Positionslampen angeschaltet habt. Da oben ist es ungefähr so dunkel wie im hintersten der vier Kuhmägen. Fast hätte ich die Landebahn verfehlt, dem Wind sei Dank habe ich so gerade noch die Kurve gekratzt und konnte hier herunterkommen." Mit diesen Worten beäugt sie ihren Regenschirm kritisch und fügt an: „Der Gute hätte es auch nicht mehr lange geschafft. Die Turbulenzen waren doch zu arg. Er ist schon ganz zerfleddert." Der Alte ist auch dabei und findet zuerst seine Sprache wieder. Er stürzt auf die Regenschirmseglerin zu. Er packt sie und umarmt sie. „Du bist wieder da! Du bist wieder da!" Träumte er? Was war hier los?'

- Da ertönte ein ungeheures Getöse vom Dach! Stutz schreckte auf und wäre beinahe von der Sofakante gekippt. `Wo war er? Wo war sie? Hatte er alles nur geträumt? ' Verwirrt schaute er sich um. Die Küche war unverändert. Tante Soir, der Urgroßvater, seine Geschwister, die Tiere – alle vorhanden!

„Der Himmel ist uns auf den Kopf gefallen", kreischte der Ochsenfrosch, der wie immer etwas zur Übertreibung neigte, und sprang dann mit erstaunlicher Beweglichkeit in die am Boden stehende Ballonflasche. Da saß er nun und glotzte angstvoll durch das flaschengrüne Glas. Die Tiere, Tante Soir und die Jungen schauten sich erschrocken an.

„Rächt sich jetzt, dass ich das Dach immer noch nicht repariert habe?", fragte sich der Urundgroßvater insgeheim.

Hercules wollte der Sache auf den Grund gehen und trabte zum Küchenfenster. Vor diesem baumelten auf einmal zwei dünne Beine in Gummistiefeln herab. Mehr war nicht zu sehen.

„Hilfe! Helft mir, bitte! Ich hänge an der Regenrinne!"

Wer hatte da gerufen? Der Alte erhob sich und mit ihm Saskio, Stutz und Susu. Gemeinsam mit der Ziege bildeten sie den Vortrupp und liefen nach draußen. Die Tierbande hinterher, nur der Ochsenfrosch kam zu seinem Ärger nicht mehr aus der Flasche heraus und musste darin hocken bleiben. Tante Soir bildete die Nachhut. Hinterdrein drängelten sich die Tiere. Als sie draußen vor dem Küchenfenster angekommen waren, entdeckten sie die Inhaberin der beiden Beine und der Gummistiefel. Ja, ist es denn zu fassen? Mit der einen Hand klammerte sie sich an der Dachrinne fest, in der anderen hielt sie ihren kleinen Lederkoffer. Zwischen den Zähnen klemmte ein zerfledderter Regenschirm, wie bei den Piraten der Dolch,

163

wenn sie sich fertig machen zum Entern. Es konnte nicht mehr lange dauern und sie würde stürzen.

Schnell bewegte sich die Ziege unter die Beine der Luftpiratin, sodass diese sich mit einem kleinen Sprung auf deren Rücken retten konnte. Geschafft! Die Frau rutschte von der Ziege und sagte:

„Guten Abend, miteinander!" Sie wippte etwas in ihren Gummistiefeln hin und her, räusperte sich und sagte dann: „Tja, ähm, wie ihr seht, bin ich zurück. Meine Reise hat doch ein bisschen länger gedauert, als gedacht. Das Universum ist ziemlich groß und zu den Plejaden ist es schon ein paar Lichtjährchen hin. Unsere Mondbarke ist auch nicht die schnellste unter den Himmelsgeschossen. So hat es ein bisschen gedauert. – Aber jetzt bin ich jedenfalls wieder hier und freue mich sehr, sehr euch alle zu sehen!"

Mehr sagte sie nicht und die anderen starrten sie sprachlos mit vor Staunen offenen Mündern an.

Sie war tatsächlich zurückgekommen.

„Ja ist das denn die Meglichkejt. Das Mejdl ist zurikgekommen. Was für ein Massel. Erst flöten gehen, dann eppes wieder erscheinen. Na, auch Affen fallen von den Bäumen!", selbst der Nacktpapagei wunderte sich, und der hatte schon viel in seinem langen Leben gesehen.

Der Alte fasste sich zuerst und ging auf sie zu, erst langsam, dann schneller, als er sie erreichte, umarmte er sie fast wie ein Ertrinkender und sprach ein ums andere Mal „Da bist du wieder,

Donella!", „Da bist du wieder!" Saskio packte sich Susu und zog ihn zu Donella.

„Darf ich vorstellen, Donella. Auch Mitglied dieser Familie und nach einiger Zeit der Abwesenheit glücklicherweise wieder aufgetaucht!" Mehr brachte er nicht heraus, immer und immer wieder musste er sie an sich drücken. Die ließ ihren Koffer fallen und umarmte ihn.

„Himmel, habe ich dich vermisst!" Damit drückte sie ihm zwei Küsse links und rechts auf die Wangen.

„Und wir dich erst, Donella!", sagte Saskio, dann schob er Susu zu ihr hin:

„Darf ich vorstellen! Das ist Susu. Du kennst ihn noch als Fitzgerald, als er gerade frisch aus Amerika angeliefert wurde."

„Mein Gott, du bist doch etwas gewachsen. – Hast du dich hier eingelebt? Was macht dein Französisch?"

„Es ist gewachsen auch", antwortete Susu verschmitzt. Tante Soir donnerte Donella ein herzliches „Angenehm" entgegen und unterstrich dies mit einem kräftigen Schlag auf ihren Rücken.

„Und da ist ja jemand, den ich noch gar nicht so genau kenne." Damit beugte sich Donella zu Fin und strich ihm vorsichtig über den Kopf. Fin fremdelte ein wenig, da er die Frau dort, die so unversehens auf ihrem Dach gelandet war, nicht so recht in sein bisheriges Leben einordnen konnte und versteckte sich hinter Soirs Beinen.

„Ich bin Donella und gehöre zu dieser Sippe."
Auch Stutz war auf die Regenschirmseglerin

zugestürzt, umarmte sie etwas unbeholfen und flüsterte ihr ins Ohr, dass er ihr einen bequemen Schaukelsessel für ihre Nachtsitzungen auf dem Dachfirst bauen werde und er würde ihn garantiert sehr fest anschrauben, damit der Herr Wind sie nicht ungefragt mitnehmen könne und auch die Sturzgefahr deutlich verringert wäre.

Die betagteren Tiere, die sich noch an Donella erinnern konnten, umwuselten und beschnupperten sie maunzend und oder schwanzwedelnd. Die tierischen Neuzugänge der letzten sechs Jahre witterten neugierig, wer die fremde Frau da wohl sei und nahmen Witterung auf von einem fernen Geruch nach Sägemehl, Tigerschweiß und Feuerschluckern, eventuell auch von einem Akrobatenmann. Sie musste etwas mit dem Zirkus zu tun gehabt haben, dafür würden sie Stein und Bein schwören. Aber wenn sie nur einmal zum Firmament hinaufgeschaut hätten, dann hätten sie ganz weit hinten links so gerade noch ein Wolkenschiff um die Ecke biegen sehen können. Aber jetzt war es verschwunden. Zu spät!

„Lasst uns reingehen", ließ sich der Alte vernehmen und das taten sie dann auch unter lautem Getrommel und Getröte. In der Küche umarmte Donella alle noch einmal, dann blickte sie etwas verlegen zu Boden.

„Ich möchte gerne wieder bei euch sein."

Kaum hatte sie das gesagt, brachen alle in lautes Jubelgeschrei und Indianergeheul aus, schnappten sich ihren Nachbarn und walzten und polkaten über Tische und Bänke durch die

ganze Küche. Dabei sangen sie ein spontan er-
fundenes Begrüßungs- und Begeisterungslied
und das ging so:

„Donella ist zurückgekommen. Donella ist
zurückgekommen.
Die Himmelsbarke pflügte durch einen
Wolkenberg,
vorbei an Roten Riesen und einem Weißen
Zwerg!
Donella ist zurückgekommen. Donella ist
zurückgekommen.
Vorbei an den Plejaden, bei Sirius scharf
rechts,
jetzt wirft der Bootsmann Anker, das Segel
wird gerefft!
Donella ist zurückgekommen. Donella ist
zurückgekommen.
Das Wolkenschiff dreht ab und zieht ins tiefe
Blau.
Ein letztes Mal der Bootsmann winkt – im
Mondenlicht das Schiff versinkt.
Donella ist zurückgekommen. Donella ist
zurückgekommen."

Mit den Strophen vier bis neun verschone ich
euch. Immerhin reimten sie sich irgendwie. Ein
bisschen durchgedreht waren sie schon alle in
dieser Nacht, die Sänger.

Als Saskio mit dem sabbernden Anatol an Donella vorbeigeschunkelt kam, blickte er ihr fest
in die Augen und sagte schnell:

„Aber bitte lange hierbleiben!", Donella nickte
und sprach:

„Ich verspreche es."

Dann ging das Tanzvergnügen weiter, bis man sich schließlich erschöpft auf irgendeine Sitzgelegenheit fallen ließ und ans überfällige Abendessen dachte. Vor lauter Aufregung hatte man nicht bemerkt, dass es längst Zeit dafür war und ihre Mägen sich auch schon lautstark meldeten.

Donella hängte ihren Wettermantel wieder an seinen Haken und hob ihren Reisekoffer auf den Küchentisch. Sie klappte ihn auf und nahm dann Bisquittiere und andere Teiggeschöpfe heraus und setzte sie auf die Platte. Alle waren dabei. Die Fiffis und Möpse, Meerschweinchen und Hamster, Anatol und das Pudu, der Leguan und die Geckos Gin und Fizz, ja sogar der Nacktpapagei, der Faulbär und der Ochsenfrosch und auch Stutz mit seinem Bicyclettamobil und Fin und Saskio und Susu mit seiner Luftpostkiste und der Alte auf einem Miniatursofa, alle miteinander, unverkennbar, allerdings im Kleinformat. Nach und nach umringten die Tänzer ihre bisquittenen Abbilder und bestaunten sie. „Die habe ich auf meiner Reise für euch gebacken. Ihr könnt euch eins aussuchen." Das ließen sie sich nicht zweimal sagen und jeder und jedes nahm sich die Figur oder das Teigtier, das ihm am liebsten war. Anatol nahm sich selbstredend das Pudu und das Pudu natürlich Anatol, nur der Ochsenfrosch nahm sein eigenes Konterfei, weil er das am schönsten fand

„Es hat so was. So was Besonderes! Und diese schlanke Silhouette!", sagte er und vertiefte sich andächtig in die Betrachtung seines

Kuchenfrosches.

Dann bemehlte Donella sich die Hände und begann einen Strudelteig durchzuwalken, dass der Küchentisch erbebte. Susu schob sich den Hocker an den Herd und inspizierte seine Töpfe. Mensch wie Tier schritten zur Tat, deckten den Tisch, schoben ihre Näpfe herbei, plünderten den Vorratsschrank, molken die Ziege Hercules, Anatol grub Kartoffeln im Garten aus und die Kanaris kümmerten sich um eine blumige Tischdekoration.

Es war eine Augenweide! Der Esstisch war übersät mit Blumen, Gräsern und frischem Laub. Die Ziege fand das besonders hübsch und nahm gleich auf der Tischplatte inmitten des zarten Grüns Platz und verlustierte sich an den zarten Stängeln und dem Junggemüse. Keinen störte das im Geringsten und alle schwatzten munter mit vollen Mündern und Mäulern durcheinander, lachten, stibitzten sich mitunter einen besonders leckeren Happen, wenn gerade mal nicht hingeschaut wurde, und erzählten sich dies und das.

Susu hatte sich selbst übertroffen und Köstliches gesotten und gebraten. Ein Gedicht aus zartester Eierschaumcreme – gut, die Kanaris und auch der Nacktpapagei waren aus verständlichen Gründen nicht ganz damit einverstanden, auch der Leguan hatte keinen Bissen davon angerührt – alle anderen aber waren begeistert und verlangten nach Nachschub, der dann in Form einer großen Schüssel Kartoffelstampf mit zerlassener Butter und gelber Rüben im Schlafrock auch kam. Zum Nachtisch gab es

169

dann Donellas Apfelstrudel und zur Feier des Tages Ziegenmilcheis in der Geschmacksrichtung „Gipfelglück"– Hercules hatte sich ja glücklicherweise breitschlagen lassen und eine ordentliche Portion Milch gespendet.

Die Hunde fühlten sich ein bisschen diskriminiert, aber man war ja Kummer gewöhnt. Die Damen Katzen bekamen ja immer eine Extrawurst. Die waren ja soooo etepetete. Ganz was Besonderes. Ha, Schleichjäger eben. Vornehmtuer, eingebildete Lackkatzen! Aber, was stört das einen echten Hund schon? Da steht man auf seinen vier kräftigen Pfoten doch drüber!

Hmm, also gut, der Hunger treib's rein! In Windeseile hatten die Hunde ihr Eis verschluckt, um nicht zu sagen verschlungen. Die Katzen und alle anderen löffelten oder pickten noch andächtig und mit großem Wohlbehagen daran herum und die Hunde hatten schon wieder oder immer noch HUNGER! Ein Hundeleben war das! Jedenfalls waren jetzt fast alle gesättigt, rollten sich zu einem Schläfchen nach diesem aufregenden Tag zusammen, putzten sich noch einmal hingebungsvoll oder machten sich für ihre nächtlichen Ausflüge parat.

Der Leguan wollte noch ein bisschen in seine Telefernundfiktionskugel gucken.

Das fünfundzwanzigste Kapitel, in dem die Dinge sich richten und ein Holzbein geklebt wird.

Der Abend ging zur Neige. Tante Soir hatte sich in den großen Lehnstuhl sinken lassen und gedachte, ein Nickerchen zu nehmen. Fin war auf ihren Schoß geklettert und auch Susu machte es sich auf ihrem Oberschenkel bequem, da die beiden ja nicht zu den größten unter Gottes Sonne gehörten, hatten sie viel Platz. Stutz hatte es sich auf der Armlehne gemütlich gemacht und Saskio saß zu ihren Füßen und lehnte mit geschlossenen Augen an ihren Beinen. Tante Soir legte die Arme um ihre Belagerer, so dass es aussah, als hätte ein großer schwarzer Vogel seine Fittiche um sie gelegt und dann sanken sie alle in einen kleinen Schlummer. Plötzlich schlug Fin die Augen auf und murmelte:

„Tante Soir, willst du nicht immer bei uns bleiben? Du könntest bei uns wohnen, Zimmer haben wir genug."

Noch im Halbschlaf antwortet Soir, sie könne dies sehr gerne machen, aber er würde ja schon wissen, dass sie überhaupt nur ganz furchtbar koche, merken könne sie sich auch nichts sicher, und das Schrankenwärteramt müsse sie ja auch noch versehen. Keine so ganz glücklichen Voraussetzungen für das Amt einer Zusatzundfürallefällemutter und darum ginge es ihm ja wohl!? Och, das mache alles überhaupt gar nichts, es reiche völlig aus, wenn sie nur bei ihnen sei. Das Schrankenwärteramt können sie ja beide gemeinsam ausüben, er hätte ja schon gezeigt, dass er sich geschickt darin anstelle, meinte Fin und Soir musste ihm darin recht geben.

„Also, abgemacht?", ertönte es von unten.

Das war Saskio, dem offensichtlich kein Wort entgangen war. Auch Susu schaltete sich ein und versicherte, dass er weiterhin alles kurz und klein kochen würde. Sie dürfe auch Wünsche anmelden, auf Lieblingsspeisen verstünde er sich besonders gut.

„Hmm", brummte Soir, „da ich ja sowieso schon halb zur Familie gehöre, kann ich ja auch ganz zu euch gehören."

„Willst du denn?", Stutz wollte es ganz genau wissen.

„Hallelujah, ja, sehr gerne!", und damit hob Soir erst Fin in die Höhe und gab ihm einen dicken Kuss, dann kam Susu an die Reihe, Stutz bekam eine zärtliche Kopfnuss und Saskio einen Ritterschlag mit ihrer Schaufelhand auf die Schulter. Er glaubte noch Wochen später, er habe einen leichten Schlüsselbeinbruch deswegen davongetragen.

So lächelten sie sich wahlweise an oder in sich hinein, auch Donella lächelte. Jedenfalls waren sie glücklich an diesem Abend und der Alte war es auch. Natürlich ließ er sein Argusauge trotzdem über alles wachen. Die Urenkelsöhne, die Tiere, Donella auf dem Dach und jetzt musste er eben auch noch ein Auge auf Tante Soir werfen, sie an den 17.00 Uhr-Schnellzug erinnern und ihre schwarzen Stiefel ab und zu neu besohlen.

Dann saß sie in Strumpfsocken vor ihm und sah ihm bei seiner Schusterei zu, dabei erzählten sie sich von vergangenen Zeiten und lachten zusammen.

Als alle schon schliefen, saßen der Alte und Donella noch lange draußen vor der Tür und sprachen miteinander.

„Warum bist du zurückgekehrt, Donella?", wollte der Alte von ihr wissen. Nach einiger Zeit des Nachdenkens antwortete sie:

„Ach, weißt du. Ich glaube, ich wäre besser ein Vogel geworden und keiner würde sich darüber wundern, wenn ich auf dem Dachfirst säße und ab und zu davonflöge. So zwischen Himmel und Erde – beim Mondmann und bei euch."

Der Alte nickte und seufzte. „Es ist gut, dass du wieder da bist, Donella. Ich freue mich und die anderen auch. Es war eine schwere Zeit für uns."

Dann schwiegen sie gemeinsam und beobachteten den Aufgang des Mondes.

Dass Donella wieder in dem seltsamen Haus am Rande des Städtchens wohnte, hatte sich schnell herumgesprochen. Später soll der Milchmann noch gewusst und es dann dem Uhrmacher erzählt haben, der es wiederum dem Milchgesicht vom Melzerhof gesteckt hat und so weiter, dass Donellas Akrobatenmann, mit dem sie mutmaßlicherweise das Weite vor einigen Jahren gesucht habe, leider und möglicherweise vom Trapez gestürzt war. Berufsrisiko! Gott sei Dank habe er sich aber nur ein Bein gebrochen und es sei auch nur das linke gewesen, sein Holzbein. Mit etwas Leim war der Schaden schnell behoben – am Bein. Nicht aber an der Seele des Lufttänzers, so hieß es.

Er habe sein Zutrauen in seine Kunst verloren. Irgendwie traue er der Tragfähigkeit des Luftraumes oben in der Zirkuskuppel nicht mehr und er habe beschlossen, sich fortan aufs Messerwerfen zu spezialisieren. Eine Fertigkeit, in der man es stand- und handfest in der Arena zu großer Meisterschaft bringen konnte. Todesmutig hätte Donella sich zur Zielscheibe machen lassen und dabei auch noch lächeln und mit den Wimpern klimpern müssen. Sage und schreibe 27 scharfgeschliffene Dolche hätten sie um haaresbreite Abend für Abend verfehlen müssen. Da sie aber eine besondere Passion für die Wahrscheinlichkeitsrechnung hatte, fiel es ihr nicht schwer sich auszurechnen, wann der Tag gekommen wäre, der todsicher ihr letzter gewesen wäre.

Im Großen und Ganzen betrachtet, erschien ihr dieses Unterfangen wohl doch ein wenig zu gefährlich und auch habe der Akrobatenmann, da er ja nun das vogelleichte Leben in der Zirkuskuppel gegen das eines schwerbewaffneten Arenakämpfers vertauscht habe, etwas von seiner Anziehungskraft für sie verloren. In einem Winkel ihres Herzens habe sich auch die Sehnsucht nach einem gewissen baufälligen, alten Haus, dem Ausguck vom Dach und nicht zuletzt dessen Bewohnern gemeldet. Erst zaghaft, dann aber immer vernehmlicher, bis sie eines Tages, dem Messerwerfer noch einen letzten Kuss auf die stoppelige Wange gab und dem Zirkus „Adieu" sagte.

174

Das letzte und sechsundzwanzigste Kapitel,
in dem ein kleiner Hund zur Heldin wird,
Mademoiselle Four ein neues Dach erhält und
die Welt leuchtet.

Die Tage und Wochen vergingen, die alte Erde
hatte die Position auf ihrer Umlaufbahn neuer-
lich etwas verschoben. Alles hatte sich wieder
eingerenkt. Die Felder und Wiesen leuchteten
im Licht der Oktobersonne und der Regen, der
vom Atlantik mit dem Westwind hereinkam,
wusch alles blank. Selbst die rostigen Gerätschaften von Stutz strahlten hinten im Garten
um die Wette. Donella buk oder saß wahlweise
auf dem Dachfirst, die alten Herrschaften
hatten wieder ihre Häuser bezogen, die Rugbymannundfrauschaft trainierte emsig, Saskio
probte an einem neuen Taschenspielertrick, der
Alte lag auf dem Sofa und hatte alles im Blick,
der Club der Hundertjährigen plante sein
130-jähriges Jubiläum und Madame Perrier gab
wieder Musikunterricht und auch die Arbeiten
an Mademoiselles ramponiertem Dachstuhl
gingen voran. Ach, davon hatte ich ja noch gar
nicht berichtet. Eine traurige Geschichte und
Mademoiselle Four hat sie auch bis auf den
heutigen Tag nicht ganz verwunden.
Einer der scheußlichen Abrissbagger war stur-
heil zu ihrem Haus ferngesteuert worden –
wahrscheinlich war es die begehrte Stadtlage,
die Tist und Lücke sich hier unter den Nagel (in
diesem Fall in Form eines Baggers) reißen wollten – um es in Schutt und Scherben zu verwan-

deln. Mademoiselle war ja unterwegs gewesen in der Mission „Tanten retten" und so hütete also nur Sissy, die Rehpinscherin, das Haus. Das allerdings todesmutig und ohne Rücksicht auf Verluste. So klein sie war, ihr Herz war das einer Löwin.

Als der Bagger vor dem Haus angekommen war und mit seinem langen Metallarm begann, das Dach einzureißen, stürzte sich Sissy nach draußen und bellte und bellte. Sie fletschte die Zähne und knurrte aus tiefster Kehle. Der dämliche Bagger verstand aber wohl gar nichts und fuhr in seinem Zerstörungswerk fort. Da erinnerte sich Sissy ihrer Verwandtschaft mit den Rehen und setzte mit einem eleganten Rehsprung in die Führerkabine. In Ermangelung eines Baggerfahrers, den sie eigentlich erwartet hatte, biss sie kurzerhand in das Zündungskabel. Der Bagger gab seinen Geist auf, Sissy leider Gottes auch.

Man fand sie später oben in der Führerkabine und schluchzend holte Mademoiselle Four sie heraus. Alle begleiteten sie zu ihrer letzten Ruhestätte im Stadtpark und trösteten die untröstliche Mademoiselle Four.

„Sie war so ein niedliches Hundchen", schluchzte sie, „und so verständig".

„Und so tapfer", fügte Stutz hinzu und drückte Mademoiselle den Arm. Aber es half ja nichts. Das Leben musste weiter gehen. Der Wiederaufbau rief!

Stutz, Soir und Petit Four packten tüchtig an und auch Fin gondelte zwischen den Dachsparren hin und her. Der neue Hund von Mlle Four, ein Hirschpinscher namens Franz, half auch, wo er konnte. Das Maul voller Zähne und Schrauben – er sah aus wie ein außerirdischer Kampfpinscher– lief er hin und her und versorgte die anderen mit den Befestigungsstiften. Das war nicht unpraktisch. Bei diesen Gelegenheiten erinnerte sich Soir im Stillen doch noch an das eine oder andere Bitt- und Stoßgebet, ihre Äbtissin hätte sich sicher gefreut, aber die war ja weit weg. Ein Wunder, ein Wunder! Aber es ging alles gut.

Keiner stürzte vom Dach und das Fränzchen verschluckte sich nicht an seiner eisenhaltigen Mundfüllung. Mademoiselle Four, die für die künstlerische Leitung des Unternehmens zuständig war, gestaltete die Reparatur des Daches ein wenig ungewöhnlich. So bestand sie darauf, die fehlenden Dachziegel nicht etwa durch neue zu ersetzen, sondern dem Dach eine modische Kappe aus rosa Filz zu verpassen. Verziert wurde das Ganze dann mit allerhand Glitzer und Glamour, den ihr die diebischen Elstern aus Dankbarkeit für ihre alljährliche und großzügige Winterfütterung und überhaupt aus alter Freundschaft, in großen Mengen brachten. Nachdem der letzte Nagel eingeschlagen war, wurde der überdimensionale rosa Filzhut noch mit der blauschimmernden Feder eines Elefantenvogels verziert (eigentlich war diese afrikanische Riesenvogelart schon seit ungefähr 1000 Jahren ausgestorben, aber Mademoiselle hatte Kontakt zu einem Naturforscher und Pomologen in Madagaskar, der noch ein Exemplar der Riesenvögel in seinem Gewächshaus beherbergte, und der hatte ihr dereinst eine von diesen meterlangen Fächerfedern geschenkt – der Vogel hatte sie bei der Mauser verloren). Bei Wind wippte die Feder zum Gruß. Die Installation aus (hoffentlich) unechten Perlenketten, der Feder, silbernen Löffeln in allen Größen und Formen, Strassschmuck und Stacheldraht wurde gekrönt von einer Skulptur aus Aluminiumfolie, die Sissy darstellen sollte, es hätte aber auch ein Salamander sein können. Stutz hatte sie für Mlle Four eigens gefertigt, damit sie einen kleinen Trost hatte. Jedenfalls war der Anblick apart und machte dem Atelier einer Hutmacherin alle Ehre. Schon von weitem war der überdimensionale Dachfilzhut zu erkennen und bei schönem Wetter funkelte und glitzerte es von dort oben weithin.

Als es Nacht wurde, stieg Stutz hinauf aufs Dach und werkelte noch etwas an der Elektrik. Mademoiselle Four war auch dabei, weil sie ihren Dachhut noch einmal von nahem bewundern wollte. Da gingen auf einmal die Lichter an und Sissy erstrahlte unter den begeisterten und überraschten Ausrufen der Bewohner des kleinen Städtchens :
„Formidable!", „Exzellent", „Ach, wie zauberhaft!" riefen alle durcheinander. Selbst der Ochsenfrosch, der zufällig vorbeigekommen war – neuerdings unternahm er regelmäßig Abendspaziergänge in Begleitung seines Bisquitfrosches – ließ sich zu einem „Ganz nett" herab. Mademoiselle Four war tief gerührt und umarmte Stutz wortlos und voller Dankbarkeit. Da

standen die beiden nun, blickten hinaus ins weite Land und hinter ihnen funkelte und blitzte Sissy – oder war es doch ein Salamander?

Ende

Damit man weiß, wer wer ist und die versammelte Mischpoke nicht durcheinanderbringt, hier eine Aufstellung über die Bevölkerung des Städtchens und die Mitglieder unserer etwas ungewöhnlichen Familie:

Die Familie

Der Alte, Giovanni Fratelli, der der Urgroßvater der vier Urenkel Saskio, Stutz, Susu und Fin ist und der Großvater von

Donella, die die Mutter von Saskio ist, mutmaßliche Mutter des Findelkindes Fin und Ersatzmutter von Susu alias Fitzgerald und von Stutz.

Saskio („Sasa") Nominativo Wagemut ist der älteste aller Urenkelsöhne, das erste Sonntagskind und Donellas erstgeborener Sohn. Er hat ein besonderes Faible für betagtere Madamen und Messieurs und ist Begründer der Aktion „Tierwaisen suchen ein neues Zuhause", im Nebenberuf ist er Taschenspieler, Trainer der Rugbyseniorenmannschaft und Manager des Clubs der Hundertjährigen.

Stutz ist das erste und einzige Samstagskind und etliche Jahre jünger als Saskio – nämlich ganze zehn Jahre, aber älter als Susu und Fin. Er wurde aus Versehen von einem vorbeifahrenden Ballonfahrer aus dem Korb geworfen, landete aber – Gott sei Dank – weich auf dem Bauch des Faulbären. Er erfindet alle möglichen und unmöglichen Dinge, wenn er nicht gerade mit seinem Bicyclettamobil unterwegs ist.

Susu, das zweite Sonntagskind kam mit der Post aus den Vereinigten Staaten von Amerika.

Eigentlich heißt er Fitzgerald, aber er wurde von den anderen wegen seiner Vorliebe fürs Suchen Susu genannt. Er kam ungefähr fünf Jahre nach Stutzens Ankunft in unsere Familie. Er und Saskio sind einander tief zugetan.

Fin schließlich ist ein Findelkind und lag ungefähr ein Jahr nach Donellas Verschwinden in ein altes Tuch eingewickelt vor der Tür unserer Familie. Es war übrigens ein Rosentuch.

Die Tiere im Hause unserer Familie

Faulbär, ehemaliger Tanzbär, jetzt Faul- und Schlafbär. Bester Freund von Stutz.

Nacktpapagei, leider flugunfähig, aber weltbester Turner und weiser Ratgeber. Guckt aber auch gerne in die Telefernundfiktionskugel. Sein Jiddisch lässt etwas zu wünschen übrig, man verzeihe es ihm. Er hat nur ein paar Brocken aufgeschnappt, die gibt er aber gerne zum besten.

Ziege Hercules Amalthea, obwohl ihr erster Vorname anderes vermuten lässt, ist sie weiblichen Geschlechts. Sie trägt nicht unwesentlich zur Ernährung der Kinder und anderer Tierchen bei und zählt zu den ersten Verantwortung tragenden Mitgliedern der Familie.

Ochsenfrosch, nicht immer bester Laune – eigentlich nie – dafür aber immer hungrig.

Leguan („Leggi"), der älteste unter den Einwohnern und Hüter der Telefernundfiktionskugel.

Anastasia („Annilein") Konda, die zweitälteste unter den tierischen Freunden der Familie. Wenn sie nicht gerade Schnellströmungsschwimmen im nahen Bach übt, versucht sie sich im Rhönradfahren mit ihrer Freundin Cécile Zementry.

Anatol, der Hofhund, der selten den Hof bewacht, da er sich meistens in Susus Küche aufhält, um die Essensvorbereitung zu überwachen. Er liebt sein

Pudu, das kleinste Rehlein der Welt. Die beiden sind unzertrennlich und sollen es auch immer bleiben.

Diverse **Möpse, Fiffis, Katzen** und **Kanaris** aus dem tierischen Nachlass der verstorbenen Tanten.

Die **Geckos Gin** und **Fizz** und die

Hamster, deren Aufenthalt im Hause wegen des unersättlichen Hungers des Ochsenfrosches leider meistens begrenzt ist, wie auch der der Fliegen im Keller.

Die Städter

Mademoiselle Four, von ihren Freunden – und nur diesen – Petit Four genannt. Ihres Zeichens Hut- und Putzmacherin. Eine Putzmacherin ist eine Hutmacherin für Frauen. Sie werden auch als Modisten bezeichnet.

Madame Perrier ist die Musik- und Gesangslehrerin der kleinen Stadt. Zu ihren besonderen Fähigkeiten gehören Sprachkenntnisse aus der Tierwelt, außerdem ist sie Mitglied im Freundschaftsbund von Mlle Four und Soir Soir.

Soir Soir, von Fin Tante Soir genannt, ist die Bahnwärterin vor Ort. Früher war sie Nonne im Kloster der Barfüßigen, aber da sie ihre Schuhe nicht ausziehen wollte und sich auch kein

Gebet merken konnte, ist sie lieber wieder aus dem Orden ausgetreten.

Cécile Zementry war mindestens Olympiasiegerin im Rhönradfahren, geht auf die Hundert zu und ist Sasas erste Freundin unter den Tanten. Sasa spricht nur von „seinen Madamen".

Madame Cluny gehört auch zum Tantenclub, hat ein Zebra im Vorgarten und glänzt durch Abwesenheit.

Monsieur Donnér ist der Mannschaftskapitän der Seniorenrugbymannundfrauschaft und äußerst schlagfertig.

Die **Halunken und Nepper, Schlepper, Altenfänger**

Herr Tist, dick, stummelig und dumm. Von Beruf Betrüger. Sein Kompagnon ist

Herr Lücke, dünn, groß und noch dümmer. Auch Betrüger. Beide sind Inhaber der sogenannten Sundowner-Paradies Ltd. Angeblich ein Premium Seniorenstift der Holding List und Tücke.